# 故事洗腦術

## 從商業行銷、形象塑造到議題宣傳都在用的思想控制法則

# The Story Paradox

## How Our Love of Storytelling Builds Societies and Tears them Down

Jonathan Gottschall
強納森·歌德夏——著

蕭季瑄——譯

獻給我的雙親

跟我說個故事。
在這個狂熱的世紀和時刻，
跟我說個故事吧。

——勞勃．潘．華倫（Robert Penn Warren），
〈奧杜邦〉（*Audubon*）

# 目錄
# Contents

# 目錄
Contents

# 前言
# 千萬別相信說故事的人

不久前我去到一間酒吧，心想在裡頭肯定只能做些簡單的思考。當時我對世界的狀態很是絕望，也對這本書感到相當迷茫。我已經花了很長時間做研究及制定計畫。我寫了好幾百頁的筆記、好幾百頁的草稿，也嘗試了數種不同風格、但全數被打回票的書名。現在是二〇二〇疫情年的初期，我知道自己就要錯過截稿日期了，即便延期可能也於事無補。

當然了，大致上我很清楚這本書的主題。故事。各種故事——事實、小說、介於真實與虛構之間怪誕的敘述。更具體地說，是關於故事以我們察覺不到的方式形塑我們心智的暗黑力量。而對此我進行了大量的研究——以清晰的敘述線闡明兩千四百年前柏拉圖《理想國》中的學問、大西洋區恐怖的奴隸交易、中世紀引發恐慌的詭異洗腦術、匿名者Q（QAnon）和地平說理論的可怕崛起、大規模槍擊事件的氾濫、深入瞭解世界上最優秀（最差勁）作家的藝術創作過程、虛擬實境的興起以及美國社會的兩極化，再加上我們的大腦與故事如何相互形塑的大量研究。

這全部都導向了一個問題：為什麼，此時此刻，人類似乎被故事給逼瘋了？

因此我坐進酒吧內安靜的角落，點了一大杯店內最便宜的波本酒。我戴上耳塞、將筆放在乾淨的紙巾上。我正等待酒精發揮效用，希望能改變我當前的意識狀態，再加上眼前的佈景，或許能夠改變我的創作習慣。我盯著紙巾一會。我隨手塗鴉。然後我又點了另一杯酒並四處張望。我先是看著一台靜音的電視裡播放以廚師為主角的實境節目。然後轉向另一台電視，看著ESPN兩個彪形大漢隔著桌子相互大吼。脖子再轉動一點，正好看到下一台電視內的新聞接檔甫結束的警匪劇。

那時候，我承認自己是來喝酒、而不是來思考的。但當我環視著酒吧，我發現酒精確實帶來了我所期盼的另個角度的世界觀。正常來說，當我們觀察一大群人時，並不是「真正」在觀察他們。我們會放大聚焦於某一部分的個體。或許是某個特別漂亮的人吸引我們的目光，讓我們觀察良久直到終於能別開眼神；然後我們又注意到了一個穿著特別有型或怪異的人；下一個人則特別高、矮、胖或瘦。我們的雙眼一再游移，掃過一個個偏離常軌的畫面。

總之這是我的看法。但那一晚，我能夠注意到整個群體，而非只是個體——是整片森林，不是樹木。人們假裝自身的行為多樣多變且不可預測，並為此自我感覺良好。但事實不然。人的行為是千篇一律的陳規，且可以預測。而酒吧內的所有人（除了某位又醉又悲傷的作者）都在做一模一樣的事。

以下是他們正在做的事情：他們的雙手在空中揮舞；他們的嘴巴開開闔闔；他們的脣舌靈敏且不間斷地移動；其中一些人發出顫音，其他人則咆哮著。我看到有個男人將手掌圈在一位女士耳邊，溫熱的氣息將螺旋狀的訊息傳送進她的腦海。女士的頭彷彿抽搐一般猛地縮了回去。在她對著天花板發牢騷時，頸部內的血管收縮彈動。

我目不轉睛地看著。酒吧裡的所有人都在做這些事。桌旁的老顧客如此。服務生和調酒師也是如此。連電視裡的人也一樣——氣呼呼的前運動員、做作的新聞主播、扮演警察和搶匪的演員、推銷吸水抹布的人。

我將視線轉回紙巾，用手指戳一戳揉捏過的耳塞。「這些人真是奇怪，」我寫道。「他們為什麼在這裡？他們到底在做什麼？」

當然了，我知道他們在做什麼。他們正和朋友們相聚。他們試著和生命中所愛之人相處。或者跟我一樣，他們正透過輕微的絕望感治癒自己。但為什麼每當人們兩兩相聚時，總會歇斯底里地喋喋不休、表情千變萬化、雙手不停揮舞呢？

每一天，從早到晚，人們都穿梭在自己與他人吐出的字詞話語中。人的一生皆是如此——從嬰兒和母親最初的呢喃耳語到臨終前吐出的最後愛意之詞。只要人們相聚，無非是輪流出聲。就算自己沒有發表言論時，大多也是看著電視裡的人高談闊論或者像是閱讀本書一樣看著他人所寫的文字，也可能是聆聽播客或是低吟哼唱的樂音。

若你是研究人類行為的外星學者，且被要求點出一項最能代表人類的活動，你的答案可能是「睡覺」或者「工作」。但這只能表示你這個外星人一點也不了解人類。若你跟我一樣是地球土生土長的學者，你的答案應該會是「交流」。

然而，仔細一看，這些交流的內容大多都沒有意義。我曾經受邀口沫橫飛、比手畫腳地發表有效教學中說故事所扮演的角色，那個房間內擠滿了過去在核能發電廠工作的安全指導員。他們說的話非常重要。要是指導員們的用詞不夠精確且語序不對，災難則無可避免。

大多數的溝通交流都不若如此。通常我們談論的都是某個人那隻滑稽的狗、愚蠢的老闆或是令人失望的男友。酒吧電視裡的憤怒前運動員大吼著談論一位名叫羅布・格隆考夫斯基（Rob Gronkowski）的混血足球民族英雄——他到底該不該復出？就連你們這位傷心酒醉的作者也坐在酒吧裡對著自己喋喋不休：他是不是很失敗啊？有多少作家被自己的書給害死呢？

我盯著寫在紙巾上的問題：**他們到底在做什麼？**我來回掃視著這句話直到字母在眼前成了粗體字。我抬眼，看著屋內的人們起身坐下、前傾後靠、來回走動。感覺起來他們似乎都被話語的力量給推動著，彷若是受微風拂動（Sway）的樹林。

我在紙巾上寫了另一個字：「影響」（Sway）。

我稍微轉動一下紙巾，好從另一個角度審視這個字，然後在後頭加上一個問號：「影響？」我朝著整個空間皺眉了良久。

## 影響

我們生命中所有不曾倦怠的交流都有個主要目的，這個目的便是影響他人的思想——影響他人的想法、感受，最終影響他們的行為。無論我們於何時交談，都在用一些空虛且微不足道的話語試圖動搖他人，即便只是一點點，也都在以利己的方式重新安排這個世界。

除了影響他人，我們幾乎沒有為了其他理由呼吸、打字、歌唱，這個邏輯甚至也能套用在我們與自我的對話。雖然很難以科學的方法解讀內心的聲音，但很久以前心理學家就已經證實「自我對話在抑制衝動、引導行為以及監控目標進度中扮演了重要的角色」。[1]換句話說，自我對話是影響、形塑以及督促自己的方式。

在某些例子中，影響他人在交流中扮演的核心地位顯而易見。銷售員和政治人物的發言，顯然都是要說服我們買單，在我身處的酒吧之中此現象並不明顯，但仍是不爭的事實。雖然酒館內的對話內容通常都很微不足道，仍然能發揮顯著的效用：建立或維持人類發展中至關重要的社交聯繫。就連在飛機上和陌生人交談這種隨意的對話也可能反映了一種本能：想在對方殺掉我們或偷走我們的東西前與之成為朋友。

我們傾盡一生喋喋不休，因為我們作為溝通者的能力可以預測我們的影響力——我們能在多大程度上讓他人服從意願、而非臣服於他人的意志。請理解這些都不是必然，甚至大多都很馬基維利主義。所有那些有關智人的無聊論述指陳，正如生物學家史蒂芬．古爾德（Stephen Jay Gould）所說，我們也是個「相當親切的物種」。[2] 我們日復一日與朋友及陌生人互動，可說是無可比擬的友善，或者至少是相當中立的行為。這種親切代表我們為了他人的利益奮力地想影響他們，至少不亞於我們試圖利己的目的。而人類這個曾經溫馴的物種統領地球的一大原因，即是複雜的語言使我們能夠比其他動物更有效地相互合作。[3] 簡單地說，我們想要發揮影響力，目的是為了共生，而非寄生。

也許你覺得這個有關影響力的言論很有趣。也許你覺得這顯然是個老套之詞。酒吧帶來的眩暈感一消失，這個觀點令我感到既老套又有趣。但是，交流的影響力這個簡單的觀點，只是說故事的目的更激進三段論的第一小步。

影響他人是交流的主要功能。

說故事是交流的形式。

因此，說故事的主要目的也是為了影響他人。

不僅如此，故事是人們——不單單是小說家廣告業者——影響同伴的主要方式。畢竟酒吧內的人不是在談論重要項目，也不是滑稽的狗和令人失望的男友，他們說的是關於自己的故事。電視裡的記者在說故事、演員將故事表演出來、憤怒的前運動員拚命將格隆考夫斯基的故事添加到已經宛如一齣肥皂劇的新英格蘭職業足球隊。那齣廚師實境秀根本不是烹飪節目，而是主角努力爭取幸福結局的故事，伴隨著節目主持人以各種或合理或下流的手段製造衝突及增加戲劇性。

人類的首要行為即是穿梭過千言萬語，這些隻字片語沒有被統整成 PowerPoint 簡報、說明手冊、試算表或是各類清單。我們每天都花費大把時間遊走於各種敘述句中——從孩子們的冷笑話、超市裡的八卦、行銷或宣傳活動，到美國人每天平均花費四小時以上看電視，再到有關我們國家及宗教迷思的小小篇章。

這是因為**故事是影響他人思想的唯一有效方式**。這是迄今為止人類找到的最好竭力影響他人的方法，讓我們總能維持順應情勢、能屈能伸的狀態。當故事的龐大益處被導向了促進同理心、體諒、慈善和和平時，著實是件美妙的事。

然而說故事的影響魔力同樣也會種下分歧、懷疑和仇恨的種子。

你可能有所懷疑，也應該要懷疑才對，畢竟我雖然自稱是學者，但截至目前為止也只講了一個故事。若你讀完這本書後只學到一件事，那麼這件事應該是：**千萬別相信說故事的人。**

但我們信了，真的情不自禁地信了。

就跟小狗和彩虹一樣，我們一致認同故事是讓人生變得更美好的事情之一，這種本能的、無條件的癡迷正被一種泛文化運動強化，它慶祝著講故事在商業、教育、法律、醫學、自我提升和其他領域中發揮了變革的力量。然而這種根深蒂固的信任賦予了故事某種力量，讓故事變得比理性的論證和確鑿的事實更加難以抵擋。當人們被問到自己的思想行為是否受故事影響時，大多都會說：「還好」。[4]諷刺的是，我們自認不受故事影響的自信，正是自己備受影響的原因——儘管對我們來說有時是正面的影響，但往往不盡然如此。

我寫過一本《大腦會說故事》（*The Storytelling Animal*），主要探討故事是如何讓我們變得更好。這本書重新修訂了前一本書的主題，但更加著重於故事的壞處，尤其是針對整個社會，而非僅僅是個體層面。

所以說，我們應該做些什麼呢？本書最後我會解答這個問題，而現在我將先點出一個這本書不會探討的空想：柏拉圖那著名的觀點，或許能將說故事的人逐出社會、或是逐出任一個我們渴望生活的地方，但是就跟呼吸和睡眠一樣，人類不能沒有故事。因此，整本書的內容，我都會試著用最具影響力的方式——說故事的方式，來說明故事的力量。

## 角色扮演遊戲

男子今年四十六歲。他身材魁梧、內心驕傲，一個朋友都沒有。他曾經有工作，但已經失業了一段時間。以前的同事們都很喜歡他，他會參加派對和同事的孩子們玩耍。朋友替他取了一個綽號：巴布斯。他從未惹過麻煩，從未傷害別人。當他購買一些重型槍械時，背景調查顯示一切正常。

二〇一八年十月二十七日，這名男子不再像從前那麼討人喜歡。事實上，他內心充斥著暗黑思想和衝動。在那個十月的早晨，我想像他和大學生一樣吃了沖泡燕麥和玉米片當早餐；我想像他一邊滑社群媒體的貼文一邊啜飲咖啡，對著某些貼文微笑、對著某些直搖頭。接著，他在自己的帳號上發了一則影響全世界的動態之後，他將包包扔進卡車，開了十五分鐘的車，到了松鼠丘綠樹成蔭、繁榮的匹茲堡社區。

我很好奇開車時他在想些什麼。他害怕死亡嗎？害怕殺戮？他有沒有在最後一刻停下來思考整件事？他是否因為滿腔的正義而熱血沸騰？或者他就和其他駕駛一樣，被匹茲堡隧道內壅塞的交通分散了注意力？

這名男子把車停在生命之樹猶太教堂前，接著逕直走入大門開槍掃射。「所有猶太人都必須死！」他一邊扣下 AR-15 步槍和格洛克點三五七手槍的扳機一邊怒吼。

在第一批警察到達現場之前的幾分鐘內，十一位民眾遭到殺害，更多人受傷。在被武器與戰術特警人員射傷後，男子才終於投降。就在警方搶救他的生命之時，嫌犯試圖解釋自己的行為。他要警察明白，自己並不是那種抱持虛無主義、無緣無故闖入學校或商場的瘋狗。若他真的犯了罪，也是為了阻止一起更大樁、更令人髮指的罪行。猶太人正在實質地入侵美國，並以緩慢的速度針對白人進行一場種族滅絕。

那晚，我駕車半小時去到松鼠丘參加倉促舉辦的守夜行動，愣愣地從上千名哀悼者身邊走過。我心想：**這一切，這些死亡和悲傷，全都導因於一則故事。**

故事是全世界最受歡迎的古老珍寶之一。它宛如永不腐朽的物件般穿行過歷史的洪流，無論我們如何想方設法消滅它、無論多少證據被提出來反對它，它都蹣跚地克服了阻礙。

故事始於《新約》，接著篇幅越來越長、越來越長，引發一場又一場大屠殺。從本丟·彼拉多（Pontius Pilatius）洗手到《錫安長老會紀要》，再到Stormfront.org（白人優越主義網路論壇）發布的宣言，無數版本講述的皆是同一個故事。

這個故事如下：猶太人是歷史上的吸血鬼，憑藉著邪惡的聰慧和貪婪，這些次等人界的超人正在策劃一起為其數千年的陰謀，用以鞏固、增強他們自己的力量並荼毒奴役其他人。若有好人起身擊退猶太人，若我們能掙脫他們加諸在一切美好事物上的束縛，一切終將歸於美好。

這個故事如此熟悉，以致於有人對其荒謬的程度已然麻木。因此，陰謀論者大衛·

艾克（David Icke）的論點或許能提供點幫助。他一直以來致力於宣稱我們全是第四維度外星蜥蜴的奴隸，但卻對此毫不知情。我們沒有發現所有美國總統都是外星蜥蜴，因為他們的縞瑪瑙眼珠和滿是鱗片的尾巴都被全息面紗蓋住了。艾克聲稱他自蜥蜴霸主的特殊飲食偏好中找到了人類苦難的根源，蜥蜴以人類的能量為食，苦難對牠們來說是最甜美的氣息。所以說，蜥蜴用戰爭、貧困和疾病折騰人類打造一座悲傷滿溢的河谷，接著牠們就可以用那爬蟲類的細薄舌頭輕輕舔拭所有苦痛。根據民意調查，有一千兩百萬名美國人信以為真。[5]

現在，讓我們回到上面的段落，改以「猶太人」這個詞取代「外星蜥蜴人」，便會發現這則故事不只引發了生命之樹屠殺事件、更是納粹行動的根源（有人指責艾克為全世界猶太人的陰謀編寫了一則詭秘的寓言。針對這個反猶太主義的指控，艾克發現了更多世界蜥蜴陰謀論風潮抹黑他的證據）。一九三三年納粹掌權，希特勒指派約瑟夫．戈培爾（Joseph Goebbels）成立國民教育與宣傳部，此部門將德國整個講故事的行為納入政府的掌控之下，藉此創造一個全新的國族事實。廣播、紙本、新聞短片、演講，甚至是造謠的耳語，納粹的宣傳員們好像講了很多故事，但實際上卻都是同一則：雅利安騎士在人類最後、最偉大的舞台上擊退猶太惡魔。這個故事簡而有力，如此震撼著大眾，使得虛構的內容成了真實。[6]

這則故事引發的苦難規模遠遠超過了人類所能理解。不只是大屠殺，反猶太主義也是納粹發動第二次世界大戰的主要理由之一。[7]除了有上百萬猶太人喪命，這個故事也釀成了千萬人死於戰爭之中，更引起了無數起肢解與強暴事件、古城慘遭蹂躪，以及無盡的實質與文化財產毀於一旦。一切的一切都是導因於跟大衛・艾克那的蜥蜴妄想一樣愚蠢的邪惡猶太人故事。

現在，因為這則蠢故事而不斷上升的死亡人數也包含了生命之樹猶太教堂的單人兇手大屠殺事件。殺手開槍掃射前，在社群媒體發佈了這則惡名昭彰的貼文：「HIAS（希伯來國際援助協會，Hebrew International Aid Society）很喜歡帶入侵者進來殺害我們的同胞。我沒法坐視不管。看清楚了，我要進去了。」

殺手是這樣說的：我不是笨蛋，我知道對著一群無助、大多都是老年人的禮拜者開槍胡亂掃射看起來很不光彩，我知道我簡直像個怪物；但看仔細點，我不是怪物，**我是**

## 為了殺死怪物而犧牲一切的好人。

這相當發人省思。這點出了教堂事件背後的深刻意義。生命之樹殺手不僅僅是有關猶太惡魔古老小說的書迷；某種層面上看來，他已經成了書中的角色。他將自己變成了歷史上最偉大史詩中那接受懲罰的英雄。殺手陷入了惡夢般的角色扮演幻想，就像是那些愉快地跑過樹林，玩著《龍與地下城》角色扮演遊戲的成年人一樣。

但是受害者是活生生的人。

## 必不可少的毒品

在《大腦會說故事》中，我主張智人（Homo sapiens）是針對我們這個種族最體面的定義，但是虛構人物（Homo fictus）這個詞或許更為恰當。[8]人類就是會說故事的動物。

讓我特別介紹一下虛構人物的定義，它強調人類說故事和使用工具的能力相同，也就是說：人類將故事當作一種工作、一種工具，廣泛地說，就是我們用來影響、改變週遭環境的道具。身為老練的工具使用者，人類熟稔於用鐵鎚打入釘子、用螺絲連接木板、用針筒拯救生命，用電腦計算以及連接網路。

然而，我們也擁有一些與生俱來的工具。比方說我們用萬能的雙手揮舞和溝通、用愛撫表達愛意、用以製造其他工具並抵禦侵略者。

故事是一種心理工具，它的用途不是改變世界，而是改變身邊的人。一位說故事的人會問：我該如何影響他人？如何賺到他們的錢？如何向他人誇大生命的美好？如何讓其他人和我有一樣的世界觀？如何逗他們笑讓他們喜歡我？如何贏得他們的選票？如何讓所有人團結一心？如何改變世界？而故事，包含小說、敘述性寫實文學、兩者之間的所有文體，都是幫助人們渾然天成地達成以上目標的手段。

就和所有工具一樣，故事也有短期目標和最終目的，為了Y所以有X這個動作。鐵鎚一開始用來釘入釘子，但最終的目的是要製作某樣東西，比方說桌子。就近程目標來看，故事扮演了很多種角色，包括娛樂、教導以及創造意義，然而這些作用都是說故事更大影響力的一部分。故事是具有影響力的機器，具有可預測的元素，旨在用來獲取注意力並產生情感，最終在其他人身上產生不同類型的影響力。

把故事的影響力想成現實生活中類似《星際大戰》中原力的存在或許有所幫助。就跟原力一樣，故事是一個無所不在的光明與黑暗交織的能量場，影響著我們所有的行為。廣播、新聞、電視節目、播客、社群媒體、廣告、面對面說故事——我們無時無刻都悠游在敘事的汪洋中，不同版本的故事相互牴觸並衝擊著我們。

當然，《星際大戰》中的原力只是虛構的概念，是虛構宗教的中心，也是宇宙的中心。然而，故事的力量是貨真價實的，這是個和電磁學及地震等其他自然現象一樣能夠被清楚認知、能夠被以科學方法研究的力量。事實上，過去幾十年間出現了一種真正的說故事科學，用使故事經得起科學證明的元素，挑戰故事含有令人毛骨悚然元素的古老迷信。現今有更多領域的研究者——包括心理學家、溝通專家、神經科學家，以及文學界的專家，都正在使用科學的方法研究「故事中的大腦」。

坦白說，結果令人相當不安。結果顯示說故事的高手和原力大師並無二致。說故事的人施放進入我們腦海的咒語，在裡頭改變我們的感受、思想，也改變了我們消費、投票、表達關心的方式。

當故事的龐大正面力量由一位真正的絕地武士引導時，無疑是件美妙的事。然而，這樣的影響力同樣也有黑暗面。就跟《星際大戰》二元原力一樣，故事科學顯示了說故事這個行為有利有弊，使這個行為有益的原因恰好也是使之危險的因素。

沒錯，正如我跟核能安全指導員所說，故事是教學和學習的寶貴工具，但同時也是完美的操縱工具。

是的，敘事是我們用來理解世界的主要方式，但一方面也是人類用來製造危險的廢話的主要方法。

是的，故事通常都具有強化親社會行為的道德層面功能。但執著於惡行與正義這樣單調的內容，也強化且滿足了我們與生俱來對於野蠻報復和道德聖潔的追求。

是的，抱持同理心述說故事是我們擺脫偏見的最佳工具，但卻也是我們構築這些偏見、加以包裝並散播出去的方式。

是的，有數不清的例子能夠說明故事有助於社會找到更好的天使。但綜觀歷史，故事也總也引出了最邪惡的魔鬼。

是的，故事可以像磁鐵一樣，將人性的大雜燴吸引到具有凝聚力的部落之中。但故事也是導致部落分崩離析的主要因素——就跟磁鐵同極相斥一樣。

基於這些以及其他更多的原因，我認為說故事是人類生活「必不可少的毒藥」，一種對人類生存至關重要、卻也致命的必要物質。就跟氧氣一樣。所有需要呼吸的生物，包括人類，都仰賴氧氣生存。然而，氧氣同樣也是種高揮發性化合物（一位科學家冷淡地稱其為「有毒的環境毒物」）[9]，在我們的一生中，他會對我們的身體累積成相當巨大的危害。

若你的車子氧化，車身會生鏽、分解最終報廢。若人體內的有機結構氧化，DNA鏈會斷裂、動脈會硬化、細胞膜將出現裂縫，最終可能導致大約兩百種退化性疾病。氧化所引發的身體損傷（又稱為氧化壓力）也是我們稱之為衰老過程的主要原因。中年時期感覺「生鏽」時，並不是真的像金屬一樣遭受腐蝕，但可能還是會感覺到氧化壓力的影響。研究員稱此為「氧的矛盾」：氧氣必不可少，最終卻也十分有害。[10]

這本書談論的是纏繞著故事展開的矛盾。故事是人類歷史古老的詛咒，也是古老的祝福。是人類的疾病，也是人類的解藥。是我們的厄運，同時也是我們的救贖。故事養育我們成為一個物種。敘事的能力幫助我們這個軟弱、微不足道的原始人統領這個星球。[11]然而，我們正經歷一場說故事的大爆炸，故事的世界正朝四面八方以驚人的速度擴展。我們生活在社群媒體、影視巔峰、二十四小時新聞輪播、媒體消費總量暴增的年代。一瞬間沒了技術問題的阻礙，任何有意願的人都可以競爭加入這個通訊帝國。我們可以透過遍及全球的網路即時傳播印刷、視覺以及聽覺內容——一些幾十年前即使是大型媒體公司也無法比擬的內容。在這個技術與文化巨變的時代，故事將擾亂我們的思緒，將我們囚禁在不同的現實之中並且導致社會崩解。

當我說故事正一步步將人類逼瘋，這並不是在開玩笑。導致我們變得瘋狂且殘忍的不是社群媒體，而是社群媒體所傳播的故事。導致我們彼此之間產生隔閡的不是政治，而是政客們說的故事。毀滅地球的過度消費行為不是導因於行銷，而是行銷業者製造出來的永遠幸福快樂的幻想。導致我們妖魔化彼此的不是無知和殘忍，相反地，這是一種天生的偏執與報復心態，讓我們一次又一次沉浸於好人打擊壞蛋這種簡單的故事之中。

這本書將用大量例子說明故事的黑暗力量，以及故事如何悄悄地影響著普通人——我們所有人。生命之樹殺手可能天生就是個魔鬼，但更有可能是受到故事的影響。他闡明了人類歷史上最偉大的法則、也是本書將不斷討論的主題之一：魔鬼永遠都表現得像個魔鬼；然而，要使好人作惡，你得先跟他說個故事，無論是一則漫天大謊、一個暗黑的陰謀、一個包羅萬象的政治或宗教神話，你得說一個能把壞事捏造成好事的神奇故事，比如剷除世上所有猶太人。

政治兩極分化、環境破壞、失控的煽動者、戰爭以及仇恨，在種種導致文明最大弊病的因素背後，你總能找到同一個最主要的原因：一則擾亂心神的故事。若這本書沒有闡述人類一切行為的理論，至少也能說明其中最壞的部分。

現在，我們所能自問的最急迫問題並不是那些陳腔濫調：我們如何藉由故事改變世界？而是：我們如何在故事中拯救世界？

第一章

# 會說故事的人統治世界

——你的決定，是故事幫你做的

說故事的人或許能統治世界，但參訪華盛頓傑斐遜學院時並不會發現這點。這所小型文理學院就跟其他大專院校一樣，治理者顯然也是科學家。

他們拆除麥克爾文大廳之舉令我非常震驚。一個世紀以來，華盛頓傑佛遜學院的學生與教師，包括我自己，都在此處探索哲學、社會學及英國文學的奧妙。但就在一天早晨，一名男子坐進了有著長長脖子和有力下顎的機械中。那看上去就像一頭一邊呻吟一邊放屁的鋼鐵雷龍，伸長了頸項大口大口將精美的工藝成果撕咬成碎片，再當成垃圾一般全數吐出。

他們在原地建造了全新的史旺森科學中心，包括佔地約五千平方公尺的磚塊和拋光的石頭，再加上玻璃與鋼鐵建成的閃閃發光實驗室。內部是一座挑高十八公尺的中庭，配上巨大的柱子和自地板延伸至天花板的帕拉第奧式窗戶。這是一座斥資數千萬美元的科學界泰姬瑪哈陵。

我站在距離不到十五公尺、英文系所的後門廊處看著這座全新的科學中心一磚一瓦拔地而起。英文系所在的戴維斯廳有種破舊的宏偉感。這棟十九世紀殖民風格的建築有高高的天花板、硬木地板和莊嚴堂皇的門廊。但走近一瞧，你會發現所有會生鏽的東西皆已生鏽、所有會剝落的表面都已斑駁。你會看見雨水從門廊天花板滲下，積在了地面之上。你會看到軟化的百葉窗上油漆塗層已經捲曲，露出了底下的綠色絨毛。抬頭一看，覆蓋煙囪的綠葉底下長滿了破壞性的樹苗，根部都已穿透進鬆動的磚頭之中。繞到建築物後頭一看，會發現表面腐爛的物質就像黑色素瘤一般腐蝕了建築物。

科學中心落成後，我站在原地看著戴維斯廳和史旺森科學中心緊緊挨在一塊，彷彿是一隻巨大的鯨魚和寄生在其身上的小藤壺。看到這景象，我馬上就想到了這個恰當的比喻。

戴維斯廳正逐漸成為廢墟，人文學科的古老信念正在殞落。史旺森科學中心——一座供奉全新神祇的大殿。

我不是那種在文學和科學「兩種文化」的戰爭之間，一定要捨身奮戰到一後一刻的人文學科狂熱者。這場戰爭已經終結。科學文化大獲全勝。二〇二〇年，國家科學基金會預算為八十三億美元；美國國家人文學術基金會則是一點六二億美元，少了五十倍以上。以 STEM（科學 Science、技術 Technology、工程 Engineering、數學 Mathematics）為導向的教育反映了一個全國性的整體思想、一個統一的社會共識，即大學科學中心所管理的學科代表了我們的未來，而世界的戴維斯中心所掌管的內容已經成了過去式。

但是，假設我們錯了呢？

假使故事替我們的生活帶來極其深刻且有力的影響呢？假使我們的說故事心理學，我們的心智塑造故事、以及被故事塑造的方式，不僅僅是一個問題，而是多個問題的根源呢？故事會不會是導致世界如此多混亂、暴力和誤解的主要導火線？故事中是否有特殊的設計，且深植入我們大腦的方式非常不容易被察覺？

在科學的泰姬瑪哈陵內，他們研究了大自然偉大的主要原動力——宇宙中元素的物理與化學規則。物理系揭露了原子的奧秘，其具有終結或驅動文明崛起的力量。神經科學的課程揭示了人類大腦內的基本硬體與軟體。在院校的資訊技術殿堂內，教授們描述了一種全新的人工智慧天使和惡魔種族的演化過程，終有一天，它們將有能力替其創建者們打造天堂或地獄。

在戴維斯廳的辦公室內，你會看到學者們研究故事的運作方式、會看到創意寫作作家們教導年輕的說故事者如何將這項知識付諸實踐。這座建築致力於研究人性偉大的主要原動力：故事。若說故事的人確實主宰了世界，假設他們真的編寫了我們命運，那麼戴維斯廳內著實正在研究地球上最強大、最不穩定的力量。*

問題是，我們能學會控制它嗎？

## 故事世界的生活

我的博士學位是文學研究，這代表我受過的訓練不是為了欣賞故事的魔力，而是搞清楚這些魔力的運作方式，並將這項知識教授給學生。近幾年，我暫別教室，將重心轉往寫作。當初以教書維生時，我很喜歡用小小的測驗迎接新學生。即便到了今天，每當我受邀至院校客座演講時，也都採用相同的方式。

我問學生，一到十分，故事在你的生活中有多重要？

他們搔搔頭。這問題太模糊了。因此我又多說明了一點。和你的工作、信仰、運動、家庭、興趣、男友或女友等生活中的其他事物相比，一到十分，故事能獲得幾分？

* 將本書的第二份初稿繳交給編輯時，華盛頓&傑佛遜學院並沒有將英文系設置在一座閃閃光亮、人文學科的泰姬瑪哈陵中。但戴維斯廳裡裡外外皆經過了一番徹底修繕。古老的柱椿看上去相當宏偉。

有幾隻手舉了起來。兩分？三分？

但學生們不太有把握，他們很想加入，但這問題似乎還是過於主觀。好吧，讓我再說明得更具體些。你生命的時數是寶貴且有限的貨幣，如何分配這些貨幣是衡量你對不同事情重視程度的最客觀方法。你花了大把時間和男友相處，代表你非常重視他。你和討人厭的鄰居相處的時間越少越好，代表他對你而言不重要。

現場點頭如搗蒜，學生們跟上我的腳步了。我問了一連串問題，想知道大家平時會花多少時間在故事的世界中：從課堂指定的讀物到實際的新聞報導，你每天有多少分鐘花在閱讀故事上？每天你花費多少時間觀看電視上所有種類的故事，無論是實境秀、情景喜劇、紀錄片？你會花多少時間聆聽流行音樂歌詞中帶有韻律感的短篇故事？以故事為基礎的播客或有聲書呢？你會花多少時間瀏覽 Instagram 或 Snapchat 上朋友及名人的動態？你會花多少時間在電玩設計師建構出來的故事上？

這項非常不科學的調查結束後，我請學生們計算並分享他們的時間總數。上一次這麼做時，有些學生似乎有點沮喪。他們不斷檢查是否有計算錯誤。平均來說，他們每天花費超過五小時在各種不同的故事之中，這比他們花在其他活動上的時間都要來得多，唸書、參與宗教活動、運動訓練、吃飯、和朋友出遊的時間都沒有這麼多。

根據花費時間的經濟邏輯來看，故事得到了滿分，而非被排在生活中的第二或第三位。故事被判斷為生活中最重要的事情。

進行這個小活動時，有些學生陷在座位裡，彷彿因為浪費生命而難過不已。當我指出他們實際花費在故事的時間可能更多時，他們又陷得更深了。根據尼爾森近期一項的研究，美國人平均每天會花費將近十二個小時在各式媒體上，其中光是電視節目就佔了四點五小時。[1]

聽到這點，學生們的自我保護機制即刻啟動。有些人質疑尼爾森的研究方法。但是不同研究者採用了不同的方法，都得出了類似的結果。另一些人對我如何定義「說故事」提出了合理的質疑、也質疑時間的多寡並不能作為重視一件事情的憑據。有一次，有一名學生頑皮地發言，表示他人生中大部分的時間都花在英文課堂上，但他一點也不在乎這門學科。

我告訴大家，這些都是很好的論點。然而，不論我們如何定義說故事或者如何衡量花費的時間，都不可否認：我們一生中絕大部分的時間都在聽取、讀取故事。這讓我想到了一個思索已久的問題，一個大部分學生都沒有考慮過，如此基本且重要的問題：為什麼？為什麼我們這麼喜歡故事？最詭異的是，為什麼我們那麼在意虛構的故事？為什麼我們那麼執著於虛擬人物之間的虛假鬥爭？把大部分時間拿來讀書不是更好嗎？和所愛之人共度這些時間呢？做些慈善工作？試著吸引一位伴侶、學習第二外語或樂器呢？

學生們低頭盯著桌面，在腦海中思索這個問題。一直到有人舉手，這段漫長的沉默才被打破。

「逃避現實。」

大家紛紛點頭。

為什麼人們那麼喜歡故事。因為故事很有趣，因為故事就像是蜜糖。

逃避現實是我們的文化中，關於故事目的的主要理論。由於故事像是種愉悅的解脫，我們便認為這必然是它存在的目的。但我們不應該被這種愉悅感被愚弄了。故事並非沒有影響，我們一生都在不停地渴求故事，而這些故事成就了我們最終的模樣。讓我用一個自創的故事來說明。

## 森林裡的女孩

女孩躲在衣櫥裡，大聲喘著粗氣。

「喔！天啊天啊天啊！讓我停止呼吸停止呼吸停止——」

房間裡有個壯漢，腳踩靴子，走過衣櫥外。他用力單膝跪地檢視床底。他起身，拉一拉垂下的牛仔褲。他轉身盯著衣櫥的門，走近一步，再一步。

女孩屏住呼吸，但心臟用力地跳動，怦怦作響。

「喔！天啊天啊天啊！別再跳了別再跳了別再——」

男人停在門外。

女孩僵在原地。

男子傾身嗅聞板條門，每吸一口氣下巴就跟著抬高。接著他咧嘴一笑，輕嘆出聲：

「噢，親愛的。」

她用盡所有力氣用肩膀衝撞門板。

壯漢重重倒在床上，一手摀著鼻子。他的雙眼圓睜，深色的血污自指縫間汨汨流出。

那一瞬間，她凍結在原地喘著粗氣。

下一秒，她飛了起來。

她聽到他的咒罵聲，聽到他起身追趕時靴底發出的摩擦嘎吱聲。她的腳底完全沒有著地，飛下樓梯。她像是籠中鳥一般，俯身衝出敞開的前門。秋葉的氣味。潮濕泥壤的氣味。光禿的枝枒間露出明月。過沒多久就聽不見他在灌木叢中呼喊她的名字的聲音了。

呼吸聲。風聲。

乾燥枯葉在腳底下碎裂的聲響令她傷心。聽到這聲音，她知道自己不再飛翔了。但這傷心沒有持續太久，她再也不需要那項魔法了。她只需要以自己所知的方式奔跑，一路跑到找到目標為止。不論那目標是什麼。

一條車水馬龍的道路。一條引領她通往小鎮的曲折河流。又或是住著好人家的一棟房屋。

她跑得越來越快，躍過原木、踏過泥濘，長髮像三角旗幟般飄揚。

她累了，摔跌在地，纖細的雙腿滿是凍瘡，且因疲憊而顫抖。赤裸的雙足上滿是鮮血和污泥，傳來陣陣疼痛。

恐懼再度襲來，她的力氣幾乎用罄。車水馬龍的道路在哪？好人家的屋子呢？樹叢間隱約可見一道陰影。

「希望他是個好人，」她祈禱著，「我奔跑著尋找的好人。」

但是她看見了那人的體型大小，看見了那人T恤上沾染的血跡。他正弓著身軀緩慢爬行，彷彿希望自己看起來嬌小一點。

「沒事的，」他說。「沒事的。」

「不、不、不、不、不，」她出聲，試著像先前那樣飛翔。但她的心實在太過沉重，只能啜泣著跛行逃離。

她能聽到他的聲音越來越大，腳步越來越接近。

「不、不、不！」她低喊著，轉身面對對方。他向前伸出手掌。她以腳掌掃著地面，尋找剛好能抓得起來的石頭，同時間雙眼緊盯著對方……。

## 你就是那個女孩

幾天前，故事裡的女孩無緣無故找上我，她出現在我的腦海、在暗黑的樹林裡狂奔，而我很好奇她怎麼會獨自一人在那裡。我的腦海裡閃過一個個不同的場景。我看到那個壯漢踏過房間。我透過她的雙眼看見男子，彷彿自己就是躲在衣櫥內的女孩。

我在地下室的辦公室裡踱步，將腦袋中的畫面口述錄音到手機裡。接下來，我在昨天將此畫面寫成了一份草稿，今天花了一小時將冗長的內容去蕪存菁，把長長的句子縮短，試著營造一種喘不過氣的緊張感。故事就快完成了。但在其他人看過之前，我會再檢視個至少二三十次，一字一句仔細拼湊，再好好潤飾一番。

若故事裡的女孩是真實人物，她就會經歷一次激烈的戰鬥或逃跑反應。在衣櫥裡她會用力呼吸讓氧氣注入血液，她的心跳會急遽跳動讓血液打入肌肉。她的大腦會分泌一種賀爾蒙混合物，讓血液更快凝固並增強對疼痛的耐受性。當那壯漢一步步接近衣櫥時，她的瞳孔會放大並停止眨眼。當危險來到臨界點，在那壯漢嗅聞門板時，她的視線範圍會縮小，餘光將無法看見任何景物。[2]

這種強大的逃跑或戰鬥生理反應合理地解釋了為何小女孩有辦法擊退一個大男人；解釋了她為何能如此狂奔、為何一開始感覺不到刺骨的寒風和劃過雙腿的石塊；也解釋了她一開始逃跑時為何感覺自己置身高空——高到以為自己在飛。

現在想像一下，故事中的女孩在一本精彩絕倫的小說中逃亡；想像你正坐在沙發上閱讀這本小說，忍不住咬著自己的指甲。若此時有一隊科學家潛入房裡，將你和某一部機器相連，便會發現你的心跳和血壓上升，就跟小說中的女孩一樣；你也會呼吸急促，儀器會監測到你的汗水量增加，跟書頁中的女孩一樣。你大腦中的突觸會浸泡在腎上腺素和皮質醇中，更令人驚奇的是，你的內啡肽系統會變得活躍，釋放出顯著提高你對疼痛耐受度的內源性阿片肽物質。無論你客廳內的光線如何，當虛構的危險達到頂峰，你的瞳孔都會跟著放大且不再眨眼，也不會注意到周圍朝著你揮手的科學家們。這整段時間你的大腦都是活躍的狀態，不再是被動觀察處於危險中的女孩，而是彷彿你自己就是那個面臨危險的女孩。[3]

## 說書人

一九四七年，納特・法布曼（Nat Farbman）花了好幾個禮拜的時間在喀拉哈里沙漠健行並拍攝了克瓦桑族的狩獵採集者。他發表在《生活》雜誌上的專題攝影頌揚了人類的多樣性與共享性。[4]這些照片捕捉了克瓦桑族透過工作所獲取的單純美好、家庭的溫柔連結、孩子們快樂嬉戲，以及最重要的，他們對於故事的熱愛。

法布曼拍攝了三張一位克瓦桑長輩說故事的照片。最有名的一則標題簡單明瞭：〈說書人〉。

人們生活在故事的風暴中。我們一整天都身處於故事之中，即便是漫漫長夜，我們的夢中也充斥著故事。我們藉由故事交流，也從中學習。若沒有私人生活中的故事將種種經歷組織起來，生活便缺少了劇情和意義。我們是說故事的動物。

但是，為什麼呢？[5]

演化替故事形塑了內在，也因此反過來為故事所塑造。最初，故事是一種保存與傳遞資訊的方法，形形色色的內容從宗教、道德律令一路到有關狩獵或婚姻的特別忠告。文化是種龐大且複雜的機制。「問題在於，」神經科學家安東尼奧．達馬西奧（Antonio Damasio）寫道，「如何讓這些智慧被理解、被傳遞、具說服力、可被執行，總之，如何使之成為真實，已經有了解決辦法。說故事即是解答。」[6]

以我們的克瓦桑族說書人為例，他將孩子們集合起來，跟他們說了有關大騙子豺狼的故事。從孩子們的表情可以看出內容相當有趣，但也如《生活》的文章所說，這也是一種教導：「夜幕降臨之時，孩子們和長輩們圍著火堆而坐，聆聽老人的故事，開始理解到自己所屬的是一個不可分割的團體，沒有人可以單獨生存。」克瓦桑長者也許直截了當地為孩子們上了一堂課，他們等於看了一份重點滿滿的簡報。最近科學所驗證的結果早已根植於他們的血骨之中。我們從故事中學到了最多且最好的知識，從深層的意義上來看，這正是故事的目的：吸引我們、教導我們、影響我們與世界互動的方式。

故事的益處是雙向的。說書人給了我們很多，我們也湧泉以報。人類學家發現，世界各地的部落說書人都享有很高的社會地位。舉例來說，《自然通訊》期刊最近做了一個研究，在菲律賓的阿格塔狩獵採集者中，優秀的說書人能獲得豐厚的福利。[7]平均而言，他們得到更多資源、受孕成功率更高（以小孩的數量做判斷），且在群體裡更加受歡迎。雖然阿格塔族以漁業及狩獵為生，但他們崇敬講故事的能力更勝其他。簡單地說，和可靠的肉類供應者相比，阿格塔族民更喜歡可靠的說書者。

我們也一樣。對於優質的故事內容，我們有著永不滿足的胃口，並提供豐厚的回報給講故事的人。我們社會中有些最受尊敬、地位最高的人是創作者，比如明星作家、電影製片人、演員、喜劇演員及歌手。《富比士》世界富豪榜中這些藝術創作者們佔了大多數，第二則是運動員。[8]

這其實很弔詭。就像阿格塔族一樣，我們不是將名氣與財富賜予那些助我們生存的人，像是治癒我們疾病的醫生、站在第一線預防我們生病的衛生工程師、使社會運作的政府官員、餵養我們的農夫，或者是保家衛國的軍人。取而代之的是，我們將過多的功名錢財獻給了創造虛幻世界的高手——那些一生都像是在操弄洋娃娃的人。

## 媒體等同

我大女兒差不多三歲的時候針對電視創造的奇蹟提出了一個直截了當的理論：看起

來像是袖珍的人類住在電視裡。因為袖珍的人確實住在電視裡。很多學齡前的兒童都講出了這樣的理論。若你給他們看電視上一堆爆米花的圖像，問他們把電視翻轉過來會發生什麼事，大多數的人會說爆米花會灑出來。[9]

「噢，太可愛了！」我們心想。「這些小猴子們還不知道電視畫面描繪的是再現，而非現實。」但是，說起令人困惑的再現畫面與現實，我們全都是一群糊塗的猴子。

成年人知道沒有人住在電視裡。但我們看恐怖片時還是會覺得害怕，彷彿裡面的連續殺人魔是真實的。我們因為悲傷的電影而熱淚盈眶，好像真的有個未婚妻死去了。這些腦海中的程序是如此的古老且根深蒂固，我們完全無法抽離其中。最後，儘管我女兒知道並沒有一群袖珍小人住在電視裡，現在已是青少女的她還是會在看過恐怖片後做惡夢。兩位史丹佛大學的研究員，克里佛德·納斯（Clifford Nass）及拜倫·里夫斯（Byron Reeves）將此媒體與現實混淆的現象稱為「媒體等同」（the media equation），即使你很討厭數學，也能理解這條公式：

**媒體＝真實生活**

納斯與里夫斯表示，人體大腦並沒有進化到能夠應付大量模擬現實的人事物。我們的大腦在沒有照片、電影、杜比環繞音效的石器時代即完成了大部分的演化。因此，當我們從故事中看到具說服力的人類影像或是模擬人類生活的畫面時，大腦便會反射性地將它們視為真實。不僅如此，根據納斯和里夫斯的數據，人們同樣也被純文字及口頭描述的故事給迷惑。打從至少五萬年前現代人類出現以來，人們就已是說故事的動物。我們傾向將故事當真，並讓自己深陷其中，全歸因於石器時代的思想與現代的娛樂技術天差地遠。

納斯與里夫斯於一九九六年發表《媒體等同》，此後的二十五年間，支持此理論的數據變得更加可靠。以經過充分研究的準社會互動現象為例，我們面對故事中的人物的方式就跟面對真實人類一樣，此現象相當普遍。[10] HBO影集《冰與火之歌：權力遊戲》中的角色喬佛里・拜拉席恩（Joffrey Baratheon）精神病態的罪孽令我們作噁，然後我們便上網發洩，彷彿忘了事實上只是一個名叫傑克・格里森（Jack Gleeson）的人表演地很殘忍。

對於不幸的格里森來說，事情沒有就此結束。研究顯示，即便心理學家否定此說法，但大眾都假定演員的人格與他們所飾演的角色相符合。[11] 當然了，就意識層面來看，人們知道演員只是在扮演一齣精心製作的虛構情節。然而，我們大腦深層、黑暗的部分無法忘記故事帶來的內容。（正是演員經常演相同類型角色的原因。）

我並不想太過浮誇。當你閱讀或是觀看一齣恐怖故事時，你的心臟並不會像遇到真正的生命危險時一樣劇烈跳動。但是，倘若低估了故事帶來的情緒與生理反應，同樣會產生不好的後果。小說是假的。魔鬼是假的、傷口也是假的。但這些都會留下真實的傷疤。當科學家要求人類描述媒體帶來的創傷時，百分之九十一的人答案會是虛構的恐怖故事，而非大規模槍擊或者九一一恐怖攻擊這樣的真實事件。恐怖故事引起的症狀令人想到創傷後壓力症候群（PTSD），包括闖入型意念、失眠以及害怕獨處。對於許多人來說，《大白鯊》和《半夜鬼上床》這樣的電影引發的焦慮會持續好幾年，有百分之二十五的人六年後仍深受其擾。[12]

納斯和里夫斯的媒體等同理論與敘事傳播有關，可說是故事科學中最重要的理論。[13] 敘事傳播是翻開一本書、打開電視時的美妙感覺，精神上將我們從世俗的現實世界帶往另一個故事的國度。過程中我們不僅與現實脫節，同時也脫離了自己。我們是如此強烈認同一則好故事中的主角，以致將我們先入為主的觀念、愚蠢的偏見等個人包袱拋諸腦後。此外，我們還能夠以相當不同的角度觀看這個世界，這正是故事能促進改變的原因。現實生活中封閉的心靈在故事王國恣意翱翔。

這讓我想到了那個仍然站在樹林裡、盯著空地另一端大塊頭的女孩。現在想想，我不確定那女孩怎麼會在衣櫥裡，也不知道接下來會發生什麼事，不論她是個強大的女英雄還是落難女子、不論她是置身於驚悚片還是一起悲劇之中。我只確定一件事：我想像她有了生命，而我正看著她。我是她小小世界裡的神。我在自己的王國裡無所不能，而且大多時候都很和善。女孩不會遇到戰勝不了的怪物，不會留下任何創傷。

但無論我決定如何形塑女孩的故事，若我能將你運送往那座森林，你都將在我的權力掌控之下。這樣的運送能力越強，你就越能身歷其境那股恐懼、能看見鮮血、聽見枝葉的嘎吱作響，我的掌控能力也就越強。若這則故事是關於一位年輕女子被逃脫的精神病患威脅，我便能夠讓你更加支持嚴厲審判患有精神疾病的罪犯。我很清楚這點，因為在一項有關敘事傳播的開創性研究中，心理學家梅蘭妮・格林（Melanie Green）以及提摩西・布洛克（Timothy Brock）正是用這樣的故事來創造如此效果。14

另一方面，這個面臨危險的女孩的故事或許沒有表面看起來那麼老掉牙。搞不好我正要告訴你個情節上的轉折：其實患有精神疾病的不是大塊頭，而是那女孩（畢竟她好像以為自己會飛）。處於危險精神分裂的當下，女孩不知道大塊頭其實是她深愛的父親，正竭盡全力拯救自己。若我把這個版本的故事講得夠好，就能促使你支持政府所提出對精神疾病患者及其苦苦掙扎的家人相當友善的項目。

但若我想要對心理健康政策產生影響，直接拿出事實和論據，不是比講故事更簡單且快速嗎？當然，但通常沒什麼效果。面對以事實為基礎的論點，我們都會高度警戒予以防禦心，我們既挑惕且質疑，特別是當那些論點衝擊了我們堅定的信念。然而換成聽故事，我們腦中的防衛心便會鬆懈。敘事學學者湯姆．凡．雷爾（Tom van Laer）和他的同事分析過故事科學的所有相關研究後指出，「敘事傳播是一種不需要仔細評估和論證就能產生長久說服力的精神狀態」。[15]換句話說，厲害的說故事者能讓他人的大腦停止不斷篩選和評估的過程。他們不需要理性的數據就能夠將資訊和信念植入他人腦海，且大多都是非常堅實的論點。

但到底什麼是故事呢？在一間好的圖書館裡，書架被令人發狂的神秘誘惑壓得下垂，在故事與現實之間畫出一條搖擺不定的界線。出於本書的目的，我將跳過這些，轉而用隱喻的例子加上基本常識的定義來表達故事的模樣。例如故事的力量、必不可少的毒藥等等。廣義來說，一則故事或者一段敘述（我會交替使用這兩個詞）都只是在描述某件事，不論是現實生活中的事或者孩童口中一廂情願的內容。

這本書不會有以下這種故事：「我今早起床後去商店買麵包，然後一邊吃一邊看報紙。」這可能會被稱作透明的敘述，試圖有效率地將某個訊息從一顆腦袋傳到另一顆腦袋，然而透明敘述並沒有特別的影響力。

這本書要講的是有形的敘事。有形的敘事符合我將在第四章仔細探討的陳規架構，且無論故事屬實的程度如何，都能套用這個理論。就目前而言，有形敘事幾乎都聚焦在主角所經歷的掙扎，且這些掙扎大多都起因於某些隱晦或是明確的道德衝突，最終不僅是塑造了一段故事，更體現了其中的意義。有形的故事是創造意義的工具，能替個人，同時也替整體文明帶來驚人的影響力。

## 假同性戀、黑人以及穆斯林朋友們

在如此喧囂的當代世界中，數十億人在百萬則故事中努力爭取關注，「說故事的人統治世界」這句諺語需要調整一下，畢竟每個人都在說故事。是最好、最具傳播力的故事統治世界才對。大約一個世紀以來，全球最有天分的說故事者都聚集在同一個地方：加州好萊塢。漸漸地，他們重新創造了世界。

班・夏皮羅（Ben Shapiro）在他二〇一一年出版的書籍《黃金時段宣傳：左派如何掌管電視的真實好萊塢故事》（*Primetime Propaganda: The True Hollywood Story of How the Left Took Over Our TV*）中也抱持同樣論點。這本書有個引人注目的前提：電視是「左翼寡頭」，絕大多數的作家、製作人、製片廠大佬、導演和演員都是自由主義者。他們聯手一步步理性地改變了美國文化，帶我們遠離美國例外論和猶太－基督教式的傳統價值觀。

翻開夏皮羅的書，我期待的是一陣謾罵。夏皮羅是一位立場堅定的保守黨派，他提倡的論點聽起來很像是亞力克斯・瓊斯（Alex Jones）在訊息戰（InfoWars，極右翼美國陰謀論和假新聞網站）上大聲嚷嚷的偏執幻想：「你家客廳裡的那個箱子已經入侵你的心智了，它巧妙地重塑了你的想法，多年來讓你得出了某個特定的社會政治結論。」[16]換句話說，夏皮羅認為，一小群菁英藝術家和他們富有的自由主義者正以一種前所未有的「控制思想的武器」攻擊大眾。[17]不過夏皮羅並沒有明確主張有意識的左派宣言。他的觀點是，當代好萊塢在意識形態上是大一統的，所傳遞的故事也多多少少反映了這一現實。

我們認為美國已經被左翼右翼永遠分割成了兩片大陸。其實美國在近幾十年來已經大規模自由化了，儘管從第四十五任總統的任期看起來，這點可能很難令人信服。但跟上一個世代相比，當今自稱保守派的人，通常都比自稱自由派的人抱持更為開放自由的觀點。[18]

這樣穩步向左派靠近，以及目前保守份子的反彈，可以歸因於很多因素，但我傾向將大部分的讚譽獻給好萊塢的說書人——或者也可以說是譴責他們。左派份子在好萊塢的地位或者讓全體美國人凝聚於多元化與平等的社會，或者讓人們沉浸於腐蝕的文化之中，若你願意的話，甚至可以被洗腦，而這取決於你個人的政治傾向。

值得注意的是，左派份子也注意到了好萊塢的危險力量。不過呢，像夏皮羅這樣的保守派擔心的是西方會輸掉一場文化戰爭，而政治的左翼份子擔憂的是在全球大獲全勝。自左翼的觀點來看，美利堅帝國的軍火庫內所裝載的說故事軟實力就和子彈及炸彈一樣具有威脅性。即便是地球上最偏遠的地區，大多數的人一樣花了大把時間處在虛擬的美國境內，居住在美國人帶來的廣播、電視與戲院之中。左派思想者將此視為一場不流血的帝國征服，溫和地攻克了土著文化，迫使全球以美國人的方式思考、談話、穿著和購物，採納了美國人不切實際的美感標準和毫無靈魂可言的物質主義。他們認為，美國是第一個透過征服流行藝術來打持大規模帝國征服的國家。

夏皮羅的書是奠基於一個貌似鞏固可信的理論之上，他並沒有參照說故事的說服力量。若他有這麼做的話，就能提出更強而有力的論證。想想美國人迅速改變對於同性婚姻的看法。一九九六年以來，支持同性婚姻的比率飆升了四十個百分點。[19] 這樣的改變令社會科學家相當驚訝，他們以為根深蒂固的文化偏見被侵蝕的速度不會這麼快。在二〇一二年的《與媒體見面》節目中，當時的副總統喬．拜登（Joe Biden）不僅支持同性婚姻，更將針對同性戀觀點的歷史性變化歸功於情境喜劇《威爾與格蕾絲》，這些都讓觀眾大吃一驚。

《每日秀》和《荷伯報告》借此機會，前者主持人喬恩・史都華（Jon Stewart）在節目中發表了「虛構的同性戀者」言論，荷伯則將拜登的失言剪接成了蒙太奇視覺效果的影片，還加上了副總統先前聲稱「工作」（jobs）是一個三個字母組成的單詞，以及只有帶有印度口音的人可以在 7-11 超商購物的言論。老實說，單單一部情境喜劇就能帶來如此大規模的社會轉變，這種想法著實荒謬。但拜登的表現實際上展示了一個前瞻社會科學理論的概要。

這個理論是這樣子的：研究顯示，與性別、教育水平、年紀甚或是政治或宗教傾向等因素相比，和同性戀的朋友或家人聯繫的頻繁程度更有助於預測社會上的同性戀友好態度。我們和虛構角色之間的不實際關係似乎也是這樣。我們和情境喜劇《六人行》中的角色有了聯繫，換句話說，我們將他們假想成了現實的朋友。與這些角色的關係是如此真實，以致於這段關係結束時我們會感到受傷。《六人行》完結後，許多粉絲在現實生活中都遭遇了與朋友感情破裂的痛苦，而最孤獨的觀眾則受到了最強烈的影響。[20]這種和媒體人物建立看似真實的關係的趨勢令人咋舌，然後你才想起自己是如何消磨閒暇時間。我們一天花費數小時和電視裡的人物進行虛擬社交，而和家人朋友相處的時間平均只有四十分鐘。[21]

我們接收虛構的內容時，便會和對待真實人物一樣評斷虛構角色，接著將此延伸成了針對群體的概述。當異性戀者觀看《威爾與格蕾絲》、《摩登家庭》和《富家窮路》裡討人喜歡的同性戀角色時，便會不自覺同理、支持他們。這也形塑了現實生活中他們對於同性戀者的態度。研究指出，觀看同性戀友善的電視節目可以減少觀眾的偏見。[22]

這些研究的帶來的影響遠遠不止是同性戀和偏見的議題。舉例來說，若你是白人，交了一個黑人朋友，研究顯示你對黑人的偏見很有可能會煙消雲散。[23]如果你和《黑人當道》或者《黑豹》裡討喜的角色成了朋友，那也會有同樣的效果。有關患有心理疾病的穆斯林的電視節目也有類似的影響。振奮人心的是，這些效果似乎比多元訓練這樣的減少偏見的標準方法更為有效、持久，後者並沒有被證明有正面效果。[24]

這些研究都意味著驚奇的可能性：從威爾和傑克扮演的角色，到薛尼・鮑迪（Sidney Poitier）和薇拉・戴維絲（Viola Davis）飾演的電影人物，再到小說《根》、《寵兒》中的主角，都可能與直接的政治行動一樣改善了美國少數族裔的命運。

換個角度看，新的研究顯示的不只是虛構同性戀者引領巴拉克・歐巴馬（Barack Obama）於二〇一二年通過歷史性的同婚法案，更顯示了若沒有從昆塔・金德（Kunta Kinte）到電視劇《24》中有權勢的非裔美籍總司令等「虛構的黑人角色」，我們可能就沒有歐巴馬了。

## 大嘴巴

根據英國詩人暨哲學家塞繆爾・泰勒・柯勒律治（Samuel Taylor Coleridge）所說，要想享受虛構的情節，必須願意「暫時放下懷疑」，這是種有意識的決定。[25]我們告訴自己：「嗯，我知道這則貝武夫和格倫戴爾決鬥的故事很糟，但我會暫時擺脫疑心，才能夠享受這段旅程。」

事情不是這樣運作的。我們不會停止懷疑。如果故事很有力，如果說書人有風格又有技巧，那麼我們就會懷疑。想想那些我們經常用來描述故事的隱喻。敘事傳播在我們身上發揮效用，而非我們對其發揮作用。我們受制於這樣的力量，沒有掌控的能力。

我們會將講故事的人比喻為彪形大漢，宰制並打敗我們——他們勾拳、緊抓、扼制，使我們動彈不得。

或者也可以將他們比喻為斯文加利（Svengalis）——他們催眠、使我們全神貫注、迷惑，接著進入我們的心智。

他們也可以是情人——迷戀、陶醉、誘惑，使我們微醺。

他們是自然的力量——是河流或微風，將我們帶往他處。

他們是強大的女巫——施咒、變法、幻術、用咒語緊箍著我們。

難以用言語直接形容時，我們借用隱喻的方式表達感受。我們不會說故事是X，而是說**像是**X。但透過以上那些比喻，我們真正了解了故事的含義：故事是毒品。想更加了解我的意思，請參見我最喜歡的研究之一，其簡述了人類這動物所面對的可愛的悲喜劇。[26]哈佛與維吉尼亞大學的研究者將受試者帶到實驗室，後者必須在兩種行刑儀器間擇一。第一種儀器是按下按鈕後，會遭遇一道安全但極其不舒服的電擊。這項實驗中有三分之二的男性選擇電擊自己，即便他們在實驗剛開始時相當震驚，並且所有人都聲稱將來他們願意花錢以避免不愉快的經歷。

為什麼這些全都很討厭電流的男人，還是選擇電擊自己呢？原因在於另一種刑具，只是一張椅子，看起來似乎更恐怖。研究受試者必須坐上椅子整整十分鐘，不能做其他事情，只能安靜的思考。房間裡空無一物，他們不能檢查電郵、不能滑手機、不能與他人交談，連看一下麥片盒背後的文字都不行。他們只能坐在那兒想自己的事情。

「恐怖、恐怖。」當那些男人按下那個將震驚他們大腦的按鈕時，心裡肯定是這樣想的。這場實驗也有女性，但其中只有（只有？）百分之二十五的人選擇痛苦的電擊而非坐著思考。（研究人員推測，性別差異可能反映了這樣一項事實，相對於大眾的普遍看法，男性不僅承受危險的平均閥值較高，承受疼痛也是相同。）

在前幾頁中，我有點唐突地摒棄了說故事的逃避現實理論。但現在我得承認，雖然逃避理論不是故事具有吸引力的充分原因，但卻也佔了很重要的一部分。[27]心理學研究者發現，人們的思緒不會停止游移——總有段無情的旁白滔滔不絕。我將這種內在的聲音稱為「大嘴巴」。我們將大嘴巴當作另一個自己，有著相同的自我，即使我們幾乎沒法控制大嘴巴說出的內容。

再者，就跟DIY電擊療法實驗顯示的結果一樣，我們大多人都不太喜歡自己內心永無止盡的叨叨絮語。大嘴巴可能是我們一輩子的夥伴，同時也是折磨人的傢伙。研究顯示，當那些聲音在我們腦海中迴盪時，我們的感受並不比讓它們閉嘴時來得愉悅，即使可能需要一點電擊才能它們停下來。[28]

當然了，神遊也未必沒有好處。[29]然而，當我們在追求愉快的感受時，主要追求的是那些讓大嘴巴安靜閉嘴的時刻。對於我們而言，愉悅的狀態等同於暫停心裡面那堆吹毛求疵的獨白。我們為了減少精神上的痛苦，並增加愉悅感而追求的事情，諸如性愛、電影、引人入勝的談話、運動、消遣用藥物、電玩、正念冥想、抖音，以及任何種類的心流狀態（「得心應手」的感覺），很大程度上是因為這些事情提供了一種暫時的休息，將我們抽離出頭骨圍成的牢籠，擺脫那種被一個不肯閉嘴的人囚禁的感覺。

因此，故事是種逃避的方式。但逃避的不單只是個人或者世界上的問題。其奧妙程度更勝如此。故事讓我們得以逃離自己。敘事傳播之所以有價值，不僅是因為它能將我們帶往何處，更是因為能將我們帶離某處：我們那個乏味的夥伴。如同維吉尼亞．吳爾芙（Virginia Woolf）所觀察到的一樣，說故事者帶給我們的禮物是「完全消除自我」。[30]沉浸在一個優質故事的當下，比如觀看最喜歡的電視節目或者閱讀停不下來的驚悚小說時，我們過度活躍的大腦會安靜下來並集中注意力，且會持續數個小時。我們只需要聆聽 Radiolab 就能擁有這樣的專注力，而冥想者需要多年的密集訓練才能達到同等的水平。

當然，若你將毒品定義為化學的物質，那麼故事便不能算是一種毒品。但故事仍然是我們「攝取」來改變大腦化學的東西。[31]和其他毒品一樣，故事使我們進入一種和催眠恍惚雷同的意識狀態，甚至會展開一段迷幻之旅。當被帶往故事的幻覺領域時，我們的大腦會一片空白、無休止的意識流會停止，且時間會飛速流逝。當故事的情節、主題、角色、風格等等「活性成分」[32]被以優秀的手法組合為一，我們的大腦便會進入高度接受的狀態，讓我們臣服於說故事者的力量之下。

這真的很美妙。所有美好的故事都是源於藥品影響精神行為的特性，也就是它的影響力。這也很恐怖。所有黑暗的故事也是源於它所產生的影響力。

# 第二章

# 說故事的暗黑藝術

## ——柏拉圖的《理想國》真的理想嗎？

破曉時分，柏拉圖站在衛城之上，背後是矗立的帕德嫩神殿。他遠眺底下的城牆在瓦礫堆中拔地而起。他看見了戰火紛飛的田野和港口以及被斯巴達人蹂躪的鄉村。他依舊能辨識出大地上的大火痕跡，在他還是個小男孩時，他們在這裡燒毀了成千上萬具死於瘟疫的屍體。

他出生於大屠殺的時代。他出生於疾病如軍隊一般肆虐雅典、每三人即有一人喪命的年代。他出生於一場和斯巴達持續三十年的戰爭之中，且他知道這一切毫無正義、毫無約束可言。

柏拉圖心不在焉地撫摸過那道自鬍鬚延伸到頸項的傷疤。他曾面臨恐怖的斯巴達方陣並倖免於難，但這次他能活下來嗎？他能從人民瘋狂的殘暴中存活嗎？

雅典已經被征服，失去了帝國，斯巴達人進入城市，紅色披風飛揚成一道長河。所有雅典男人都害怕劍刃，所有女人都恐懼奴役和強暴，而斯巴達人只讓支持斯巴達的富有叛徒加入其政府。

接下來便是手足相殘、子女弒親。斯巴達的傀儡被稱作三十暴君，他們使得整座城市惶恐不安。他們殺戮、放逐人民，直至有人起身將之驅離。然而，人們為了報復而大開殺戒。他們不只殺死暴君，也不放過那些言行散漫、留有斯巴達髮型的人。

人們甚至將矛頭轉向柏拉圖的老師，蘇格拉底。審判期間，他被稱作社會的威脅，青年的腐敗分子。有些人哭喊這根本是莫須有的罪名。但柏拉圖心裡很清楚，這位赤腳、故作謙遜、身穿骯髒的長袍，頂著一頭從不梳理的髮絲，有著細瘦雙臂以及因酒精而腹部肥大的老哲學家，是世界上最危險的人。

柏拉圖凝視距離海平面相當近的太陽。老男人現在應該在家裡泡鐵杉茶。毒鐵杉茶當然遠遠不及被釘上十字架的痛苦，但也不會讓你溫和且快速死去。老男人生命的最後幾個小時將會持續呻吟、嘔吐不止，然後在他的喉嚨脹大、緊閉的瞬間不住抽蓄喘息。

柏拉圖盯著海面，一邊咒罵劇作家亞里斯多芬。他那齣有關蘇格拉底的喜劇《雲》（Clouds）改變了人們的想法，讓所有人知道這位老人其實是個狡猾的詭辯大師，而非哲學家。他笑著搖搖頭，想起老人是多麼喜歡那齣戲。每逢節慶這齣劇被搬上舞台，蘇格拉底都會一邊嚷著：「不好意思、不好意思」，一邊擠過群眾到前排。他會高興地看著身穿破布戲服的演員頂著破舊假髮在舞台上跑來跑去，一邊揮舞雙臂，一邊胡說八道。蘇格拉底會大笑到痛苦地彎腰。

柏拉圖直起寬大的雙肩，沿著陡峭的小路走往城市，準備好擊垮任何擋住去路的人。即便是現在，也可能有暴民出現在他家裡，希望能不動用武力就將他拖下床。他要趕緊抵達梅加拉，蘇格拉底的許多追隨者已經逃到那裡躲避危險了。

走在鄉間時，他的腦袋像是製陶工人在輪子上轉動陶土般閃過一個問題。他能預見未來：希臘人會不斷自相殘殺，一邊揍著自己人的鼻子、刺穿自己人的內臟，一邊瘋狂放聲大笑。一切都將持續到所有人氣力用盡，好運盡失。當他們虛弱到某個程度時，一些軍隊便會沿著半島進軍，將所有人變成一具具屍體或是一個個奴隸。

難道沒有辦法生活在一個平和理智、而非謀殺與瘋狂的地方嗎？一個先將石板上的舊方法擦掉，以邏輯為依據，替卡里波里斯這座美麗城市制定計劃的方法？

可能有吧，他心想，第一步要先找到亞里斯多芬，然後遞給他一杯鐵杉茶。柏拉圖傷心地搖搖頭，將這個想法驅逐出腦海。老人非常喜愛說故事的人，也很害怕他們。他曾經告訴柏拉圖，每個人都是故事中的角色，都是祖母、牧師、詩人和暴君所說的謊言中的悲慘混合體。「不論是誰坐在城市的王座上，」老人說過，「真正統治世界的是說故事的人。」

柏拉圖加快腳步。他知道想打造一座完美的城市，光是向亞里斯多芬這樣的人宣戰是不夠的。如果想要打造完美之城，你必須向所有說故事的人，向整個說故事的現象下戰帖。

五十歲左右的柏拉圖早已回到雅典，創立了現代大學雛形的學院，並完成了他最偉大、最具影響力的著作《理想國》。[1]這是一本創造烏托邦的指南，它不是建立在講故事的人傳下來的迷信之上，而是以哲學家國王們的純潔理論為根基。它被廣泛認為是思想家對於說故事這項行為最無情的羞辱。

打造烏托邦的第一步：驅逐詩人，所有詩人。*

---

* 人們對於柏拉圖的生平及個性所知甚少，雖然希臘的傳說將他描繪成魁梧的前摔跤選手及老兵。《理想國》確切的出版日期不詳，但據說大約是在公元前三八〇或三八一年。我想出了這樣一句話：不論誰坐在王座上，說故事的人統治世界。這與《理想國》的觀點類似，這也正是為什麼「會說故事的人統治世界」這句諺語經常被誤認為是出自蘇格拉底或柏拉圖。柏拉圖在《理想國》第六卷中採用了白板類比法（blank slate analogy）。

## 沒有任何事比故事更單純

現代人第一次聽到柏拉圖竟如此懼怕詩人，想將之逐出社會時，第一個反應通常是：「什麼？」原因在於，對我們大部分人來說，有什麼比一首詩更沒有殺傷力、更無足輕重呢？所以首先要弄清楚一件事：柏拉圖說的「詩人」，指的是任何形式的故事創造者。在柏拉圖那個年代，大部分的故事，不論是被搬上舞台表演還是紙本的形式，都是以詩歌的方式呈現。接著，就跟現在一樣，說故事的人將犀利的社會與政治話題編寫進故事中。

身為一個渴望由哲學家國王統治烏托邦的超理性主義者，柏拉圖譴責說故事的人是職業騙子，讓人民沉浸在各式情緒之中。人們啜飲有趣的故事，包括所有性愛與暴力，所有歡笑與淚水，同時間也大口喝著不道德與危險的念頭。無論此論點的價值為何，柏拉圖他那有時有點天真而缺乏同理心的思考方式，低估了故事掌控人類的力量。講故事的本能深深根植於我們的大腦。唯一能「驅逐」的方式是使用顱骨鋸和手術刀。

但我們不能被柏拉圖這憤怒的謬論分散關注真正問題的能力。講到故事，我們都有個很大的盲點。當強而有力的故事出現，我們總誤以為它們微不足道，明明嚴肅卻被我們當做輕浮的玩笑。我們總認為故事很單純，如同敘事學教授湯姆・凡・雷爾和同事們所說：「沒有什麼比故事更單純了。」[2]

柏拉圖並非庸俗之人。他並沒有沉迷於故事的樂趣，也沒有否認其中的諸多益處。他只是提出了一個和二十四個世紀前一樣激進的問題：難道說，從荷馬史詩到盛大的舞台劇，再到基本的宗教神話，即便是最偉大的故事樣本也是弊大於利嗎？

歷史對於柏拉圖的《理想國》又愛又恨，但從未真正認真看待他的觀點：人類最難以解決的問題根源，是講故事的人強加給我們的幻想。當今學者是最接近柏拉圖論點的人，他們保證，像柏拉圖這麼聰明的人斷不可能相信愚蠢的事情。

我是這樣想的：放逐詩人只是他嘗試過的方法之一，柏拉圖對於說故事導致的問題所提出的解法沒有最糟，只有更糟。但他對於這個問題的看法比自己所想的還要正確。柏拉圖只寫了關於虛構的內容如詩歌、戲劇和迷思的不穩定力量，然而現在看來很明顯，故事的支配力量比捲入虛假冒險的角色情節還要廣泛許多。故事只是一種特別吸引人的將訊息結構化方式，無論該項訊息是事實（像是紀錄片或者歷史敘述）、是單純的想像（如電玩情節），或者介於兩者之間（比如馬克思主義的「宏大敘事」）。

故事在現代日常生活中的主導權與日俱增。我們是對故事有著無限渴望的物種，而科技已經打破了限制我們聽取故事的藩籬。伴隨著科技進步帶來的說故事大爆炸，我們對於說故事如何在腦袋中發揮作用的科學理解也有了同等的進展。世界上的主權力量已經吸收了這項科學並實際應用。

舉例來說，大型企業已經完全將說故事當作一種說服的工具，而世界上正在崛起的大國也正以更狡猾且有效的方式應用故事。[3]科技技術導致傳統戰爭奪走大量財富和鮮血，現在戰鬥空間正在從現實世界轉移到人類想像的領域。[4]中國軍隊的主導者明白，主宰故事世界的戰場是攻下戰略目標的關鍵因素——只不過是透過其他方法。[5]美國國防部正在資助基礎的故事研究，目的是創造一座敘事的死星（電影《星際大戰》中的虛構太空要塞），以彰顯陳舊的宣傳手法和燧石引火裝置一樣原始。

故事總是強而有力，也總是危險。有這麼多好的故事讓我們從中獲得慰藉，我們的技術使這些故事更為普及、更為有力，也比柏拉圖想像的更具殺傷力。

## 隱藏的說服力

社會評論家萬斯・帕卡德（Vans Packard）在他一九五七年出版的書籍《隱藏的說服者》（*The Hidden Persuaders*）中聲稱，有一支由廣告業者和政治人員組成的精英團隊正和由社會科學家及心理治療師組成的精英團隊合作。他們一起發現了無意識動機的秘密鑰匙。持有鑰匙的人可以跳過艱困的說服過程，在意識深處種下潛意識的渴望。

帕卡德針對大規模精神控制陰謀所做出的可怕指控讓此書暢銷百萬冊。之所以如此，部分原因出自於一位戴著眼鏡、長相具書卷氣息的市場研究員詹姆斯・維卡利（James Vicary）。[6]《隱藏的說服者》上市後不久，四十二歲的維卡利找到了拯救自己岌岌可危的行銷公司的辦法。他將一部名為測速儀的投影機帶入紐澤西的一間電影院。當觀眾觀賞威廉・霍爾頓（William Holden）的電影《野餐》（*Picnic*）時，維卡利將秘密訊息投影在銀幕上，但是訊息閃現的速度太快了，觀眾幾乎沒有辦法察覺。

其中一條訊息是「吃爆米花」，另一條是「喝可樂」。根據維卡利的報告，和對照組相比，看見潛意識訊息的四萬五千六百九十九名觀眾多購買了百分之十八的可樂和百分之五十八的爆米花。維卡利找到了宣傳者的聖杯：將慾望深植進大腦，像是自動生成的一樣。

一九五七年，萬斯．帕卡德和詹姆斯．維卡利分別宣布，傑出的人類思維有個基本的設計漏洞。若你有正確的知識（最新的行為科學）和當代技術（大眾媒體、測速儀和噴槍），便可以大規模掌控人類心智。[7]

詹姆斯．維卡利一宣布他的「隱形廣告實驗」，便遭到大眾強力譴責。維卡利的科技似乎預示著一個歐威爾式的世界，在這個世界裡，自由思想很有可能將不復存在。「很有可能，」《華盛頓郵報》盛怒地表示，「這是對人類大腦和神經系統最駭人聽聞的攻擊，且竟是由文明人士所打造。」[8]另一項報導則稱此技術是「心智強暴」。[9]

然而，《隱藏的說服者》所吹捧的科學，根本就不是科學。整個無意識訊息傳達的領域都是建構在一九五〇年代佛洛伊德主義模糊（且怪誕）的基礎之上。學術界、企業和CIA的研究人員花費數十年試圖使潛意識訊息傳遞發揮效用，諸多研究的結果都是失敗。[10]

那麼，詹姆斯．維卡利這個概念那著名的證據呢？多數大眾不知情的是，後來他承認這些數據都是為了宣傳噱頭所捏造出來的。換句話說，維卡利拯救倒閉公司的方法很簡單。根據麥迪遜大道的傳說，這場騙局替他換取了一紙數百萬美元的合約。

《隱藏的說服者》預言了一個勇敢的新世界，在那裡廣告商和政治黨員如雕塑家一般形塑了我們，但微妙程度令我們感覺不到鑿子的力道。但是，確實有一種經過科學認證的方法可以迷昏潛意識中的哨兵，並將想法和慾望直接傳送到無意識的狀態之中。諷刺的是，詹姆斯．維卡利幾乎是偶然發現這個方法的。

詹姆斯很有可能從來沒去過紐澤西的電影院，也從未在威廉．霍爾頓壯碩光裸的胸膛上謄寫任何指令（戲院經理否認有這件事）。但當觀眾隔著大銀幕看著霍爾頓招搖顯擺時，一些念頭和價值觀仍舊悄悄溜進他們腦海。即便有最新的科學證實，但其實這個傳送方法就和人類一樣古老。這項無意識的訊息傳送方法有個很普通的名字：「說故事」。

一九九〇年間，三分之二的美國人認為潛意識廣告無所不在，且效果非常差。[11] 其實兩者皆非。儘管廣告業者從未真正執行潛意識廣告，但他們也從未放棄過隱藏說服力這個空想。

過去十年，「說故事」很有可能已經超越「創新」及「顛覆」，成為商業界最熱門的詞彙。一種真實且看似長久的商業文化已然出現，《紐約時報》讚揚故事是一種「無法抗拒的力量。」[12]MBA將說故事列入課程；企業聘請首席說故事官員；行銷大師賽斯．高汀（Seth Godin）用粗體字強調：「**你要麼講述並傳播故事，要麼上不了檯面。**」[13]企業的說故事者表揚故事，是因為它傳遞喜悅、價值、創造連結的能力，但很明顯，故事也可以是一匹特洛伊木馬，將訊息偷偷傳送進人類思想的防禦要塞。[14]

將故事視為控制思想的工具聽起來可能很驚悚且殘忍，實則不然。回想第一章提到的克瓦桑說書人，他像個指揮官一樣高舉雙手，編排聽眾大腦中的所有畫面以及內心的感受。他使人們的心緒相互調和、賀爾蒙和諧且神經不在紊亂，這些都可以在合適的實驗室中得到驗證。[15]對於克瓦桑長者和其他任何說故事的人而言，重點是**心緒的掌控**。有力的說故事者能穿透我們的頭骨，暫時掌管我們的思緒及心理控制面板——以口述的方式將圖像傳送進我們腦海，席捲著我們的感受。他們經常這麼做，為的是製造短期或者長期的影響。

這並不是指說故事者都在做些險惡的事，也不該責備他們。人與人的交流並沒有所謂的天真單純。人類的本質是高度社會化的靈長類動物，總是在階級制度內爭取地位。在製造影響力的競賽中，每個人都在尋找優勢。所以說，是的，講故事的人掌控大局。但其他人也不遑多讓。舉例來說，理性的爭論通常是建立在大量精心策劃的修辭上，這是我們給邏輯及語言這項柔術的統稱，最大的目的是創造影響力，而非獲取真相。

相比其他創造影響力的工具，我們應該更擔心說故事，不是因為說故事者較沒有道德感，而是因為那些人通常都更為強大。和其他的訊息傳遞者相比，說故事的人享有大量經過科學驗證的優勢。首先，不同於其他形式的訊息，我們相當喜愛故事以及說書人。再者，故事具有黏著性，我們處理敘事的速度比其他形式的交流更為快速，也更容易記住。[16]第三，故事能吸引其他事情無可比擬的關注，想想當你觀看最喜歡的電視節目或者閱讀無法停下的小說時，思緒游移的程度是多麼低。第四，好的故事注定要被一再傳頌，想想不把最機密的八卦講出去、不劇透是何等困難，也就是說，故事中的訊息很容易透過社群網路如病毒般擴散。[17]所有這些優勢都是來自於以下第五點、同時也是相對於其他交流形式更為重要的一點：故事能產生強烈的情感。

柏拉圖相信人類的心緒是由三大中心所組成。在健全的大腦中，純邏輯的領域（柏拉圖稱此為「理智」）支配著情緒和慾望的基礎中心。在不健全的大腦中，情緒和慾望會淹沒並麻痺理智。

柏拉圖對講故事的行為抱有敵意，因為故事全都會催化強大的情緒反應。故事是用來讓我們感受的。在電影院查看節目表時，我們不僅是依據喜不喜歡明星或者影評來做決定，情緒也會影響最終的選擇。想要感受狂歡，我們就會選擇喜劇片；想要恐懼的快感，就會選擇恐怖片；若我們想要嚐嚐正義的怒火，關於復仇的驚悚片就會是首選。有時我們也想感受悲傷的滋味，便投向催淚電影的懷抱。

許多作家指出，講故事的人必須製造出現實的幻象，也說這種幻象高度人為。如亞佛烈德．希區考克（Alfred Hitchcock）所說，典型的故事並不像現實生活，而是像「少了沉悶」的現實生活。[18] 換句話說，就像是生活「去掉了不帶感情的部分」。

故事是用來讓我們產生感受。但那些感受是為了什麼？受到情緒經驗感動並不是一種比喻。英文「emotion」（情緒）這個詞來自拉丁文「emovere」，是「移動」的意思。這也正是為什麼英文中與動力有關的字詞，諸如機車（motorcycle）、刺激（motive）、火車頭（locomotive）、升遷（promotion）、降級（demotion），以及動力（motion）本身，都共享著mot這個拉丁文字根。我們必須有所行動，才能感受強烈的情緒：恐懼促使我們逃跑或躲藏；憤怒引發爭執；後悔促使我們道歉和改過；愛意喚起我們保護與養育的本能。

故事與情緒息息相關。事實證明，情緒是人們做決定的主要因素。[19]理性的論證主要有利於向皈依者或者公正無私的人講道。但在我們最需要的時候，它會變得無效。試圖使人們擺脫根深蒂固的情感比無效更糟糕。試圖說服某人放棄堅定的觀點時，可能會適得其反，令對方更加抗拒。[20]

想要成功說服他人，通常可以透過兩種認知的途徑：理性的或者戲劇性的。傳播者可以用有證據支持的論點來進行辯解，也可以用戲劇化的故事達到效果。故事並非隨時都能獲得青睞。有些時候，人們想要的是有效地傳遞未成形的資訊，此時講述故事可能會惹惱、而非吸引他們。然而，根據不同類型的研究員進行的研究，要想達到說服的效果，戲劇化通常比合理化來得有效。[21]換句話說，對於觀眾來說這樣並沒辦法領略重點。我們必須講故事來讓他們感覺到重點，有時候是好的結果，但大多時候並不如此。

## 事有蹊蹺

但是有個隱藏的問題，我將以湯米・維索（Tommy Wiseau）評價極差的電影《房間》（*The Room*）來做說明。

強尼是個開賓士的有錢人。但他這人並不古板也不會有優越感。每個人都很喜歡強尼，他與生俱來的魅力吸引了許多體貼的朋友進入他的生活圈。即便工作壓力很大，還要照顧未婚妻麗莎，他仍然抽出時間踢足球、和朋友在他時髦的公寓頂樓相聚。這群男人聚在一起時，談話內容不外乎是世上最偉大、最難以估量的對象——女人。男人們想知道，她們到底是怎麼回事？強尼發現，女人有時候「太過聰明了」，其他時候則「愚蠢至極」。她們也經常顯得「很邪惡」。

因此，維索宣布了他全新的偉大主題：女人是古怪的半人類，按照怪異的女性邏輯過生活，且非常喜歡玩遊戲。和足球等相當陽剛的消遣相比，女性的遊戲顯得如此狡猾，男人完全望塵莫及。

維索的電影並沒有傳達男士們圍在飲水機旁或者在地鐵裡滔滔不絕說教那樣的厭女

情結。《房間》帶給我們的是純粹、中世紀的意象。整部電影最惡名昭彰的場景，應該是強尼的朋友馬克講了一個淫亂女人差點被妒火中燒的男友打死的故事。強尼爆出一陣狂喜的大笑，說道：「真是個好故事啊，馬克！」

強尼的未婚妻麗莎是謊言、淫亂、惡魔的女性化身。她勾引強尼最好的朋友，徹底打亂了他們幾個人的社交圈。強尼一發現這樁醜聞，便絕望地將朋友們全趕走。「大家都背叛我，」他如此埋怨，「我厭倦了這個世界。」接著，和徒有浮華外表的麗莎有了一次深情且浪漫的性愛之後，強尼朝自己的腦袋開了一槍。

《房間》最出名的並不是厭女情節，而是其中滑稽又無力的敘事、導演與表演方式。維索是人類歷史上最糟糕的作家之一，以下是足以說明這句話的對白：「號外！號外！你的咖啡和英式馬芬在這，燃燒你的嘴吧。」但是，除了編寫幾乎完全上下文不通的劇本外，維索同時也是《房間》的導演、製作人、主演、編輯及出資人，因此這個故事可說是被摧毀得相當徹底。

《房間》的糟糕程度無人能及，反倒成了迷人又搞笑的賣點。天才所遭遇的這次獨特的失敗，換來的是難能可貴的學習機會，既罕見又深具啟發意義，就跟天才的存在一樣。其結果是一種狂熱的現象，觀眾們帶著滿懷熱情的訕笑湧進電影院。這整體的搞笑效果是奠基於維索想追求的瓦格納風格戲劇和最終荒誕的喜劇效果之間的大鴻溝。

為了《房間》，維索自掏腰包數百萬美元製作了一部關於人類悲慘悖論的電影：愛是一切問題的解答，然而女人卻是不可愛的邪惡婊子。這句話意思很明顯：對男人來說，最安全的做法即是完全避開女人。但這顯然是件不可能的事情，想想女人們是何等性感和狡猾，男人們最好隨時保持警惕。

謝天謝地，《房間》沒有成功傳遞這項訊息。如果講故事的人希望所傳遞之訊息能夠真切深植人心，那麼這部電影就是個客觀的反面教材。我懷疑它真的能說服男人對親愛的小淫魔更加謹慎，我敢說，沒有任何女妖看過電影後會改過自新。

因為，《房間》是公認的史上最差電影。

除非故事真的很好，否則沒法發揮傳遞訊息的優勢。評論家所說的「好」很模糊、客觀且很難定義，但當一般人說「故事很好」時，通常是指這則故事施展了訊息傳遞的咒語。以社會科學的話來說，故事對心理、情感、神經和行為的影響都是透過經由傳遞這個過程被「調解」。也就是說，故事的傳播能力越強，我們就越是喜歡，其全方面的心理影響力也就越強。[22]

因此，對於一個講故事的人而言，想尋求故事的影響力，首要的問題是「該如何產生敘事傳輸力」？這裡不是要對說故事者帶給觀眾的把戲追根究柢（可以去看任何一本好的創意寫作指南）。但我確實想要檢視一個攸關本章主題「暗黑藝術」的伎倆。

## 用描繪的，不要用說的

從前，厄尼斯特・海明威（Ernest Hemingway）和朋友們一起去餐廳。他豪邁地吹噓自己的寫作技巧高明到可以用六個字完成一部小說。海明威的朋友們嘲笑他辦不到，還每個人各打賭了十美元。接著這位偉大的小說家在餐巾紙上寫了六個字後傳閱，每個人都皺著眉頭盯著這六個字一會才傳給下一個人。接下來，所有人都摸出錢包掏出一張十元美鈔給海明威。紙巾上寫的是：

售：嬰兒鞋，全新。（For sale: baby shoes, never worn.）

一開始大家對這句話都有點困惑：「等等，什麼？」下一秒內心才恍然大悟：「噢。」一起悲劇在腦海裡成型：一對滿懷希望、並不富有的夫婦，替尚未出世的孩子買了一雙鞋子；然後孩子出生了，夭折了；緊接的是希望破滅的劇烈痛楚。

就跟有關海明威那些最棒的軼事一樣，這件事，哎呀，可能是假的。[23] 學者們已經證實這則小故事不是海明威寫的。不過呢，這件事已經成為一則無可辯駁的文學都市傳說並且傳播了出去。或許是因為這六個字乘載了力道如此強大的教訓，顯得背後一定有個偉大的天才。這微小的故事顯示了在我們的內心深處，故事是何等的簡單單純。它們不怎麼需要華麗的辭藻、複雜的想法，也不需要基本原創的情節。同時也說明了講故事的人如何能夠自信地依靠觀眾替他們完成大部分工作。

「用描繪的，不要用說的」，反映了講故事者們集結的智慧，他們發現間接、微妙的傳遞訊息方式，通常比直接且明確的訊息更能達成目的。這是有關說故事這個行為的其中一個陳腔濫調，就跟其他老生常談一樣相當有效。近幾年，研究人員發現，帶有明顯訊息的故事不若隱晦、間接的訊息來得有說服力。根據通訊學者麥可．達爾斯特倫（Michael Dahlstrom）在《美國國家科學院院刊》所說：「令敘事降低說服力的其中一個因素是當說服意圖變得明顯時，聽眾會感到被操縱進而作出反抗。」[24]

舉例來說，《房間》中的缺點不可能僅用一本書的長度來概括（若想閱讀這本書，請見葛雷格．賽斯蒂羅 [Greg Sestero] 與湯姆．畢賽爾 [Tom Bissell] 所著的《災難藝術家》[*The Disaster Artist*]）。但若真的必須講出一件代表性的糟糕藝術，那我會說這部電影一直都在講述，而非描繪。這部片的對話經過細心的撰寫、畫底線、斜體字，重複了維索想傳遞的所有訊息。

現在，學學我們的文學都市傳說，其實只需要寫六個模稜兩可的字眼，剩下的交給觀眾就行了。比方說，我腦中的畫面是夫妻一起張貼廣告，而非太太自己一個人。然後我想像這對夫妻肯定已經年老且不怎麼富有。若他們很有錢，怎麼會需要賣掉這雙鞋呢？你心中的故事情節可能跟我的不一樣。但是，和我一樣，你的版本可能也添加了一些美感，而非僅僅是字面上的文字。

再說一次，這六個字並沒有傳達任何有關父母、嬰兒或者與悲劇有關的情緒訊息。

它只是描繪了一則嬰兒鞋的廣告，然後我們自己建構出背後的含義。大部分的人一開始看到這則六字故事時都沒法馬上理解，這樣的延遲進而增強了這則故事的力量。它與我們同在（或說我們與它同在），直到我們真確理解其中的意義。

這與最近「回顧性反思」的研究息息相關。這是心理學家們替說故事這個行為的最後階段取的名字，是故事的接收者闔上書本、走出戲院，將故事中的訊息和想法整合到本身原有世界觀的時刻。研究顯示，當故事足夠引人入勝且情節無限寬廣時，便有足夠的說服力在故事結束後仍令我們深陷其中。[25]

總而言之，單純講述僅是賦予我們意義，描繪則是強迫我們替自己找出意義，藉此，該意義便是專屬於我們自己。透過這樣的方式，厲害的說故事者在心理層面上也玩起了杜鵑鳥的把戲：他們在我們的大腦中下蛋，給了我們新的觀念，讓我們以為那觀念純然是自己的。

## 秘密的宣傳員

「用描繪的，不要用說的」這項智慧並沒有演化及改變，因為它以某種精巧的美學意識造就了「好的」藝術。同時間它也有演化，因為世世代代的說故事者透過反覆的試驗與錯誤發現：這是觀眾喜歡的東西；這是一種煉製故事的毒藥，影響他人的方式。

事實上，說服力是種競賽，通常都有點不光彩。我們認為要想達到說服的目的，可以簡單地以更好、更真實的訊息這種可靠的方式來完成。然而，說服並不等於指導，不僅僅是在白板上書寫而已。說服始於位移。你必須將某種思想從一個地方移到另一個地方，也就是說要以某種力量克服慣性。

沒有人比專精的說故事者更明白這一點。「多方面來看，」偉大的小說家暨散文家瓊．蒂蒂安（Joan Didion）表示，「寫作是一種逑說我的行為，將我強加於別人，要他人聽我的、看我的，進而改變想法。這是一種具侵略性且帶有敵意的行為。你可以用省略符號和其他迴避的方法來掩飾其中的修飾詞語及試探性的假設語氣，比如利用暗示，而非斷言；利用間接影射，而非陳逑。但是紙張上的文字是種**秘密**的霸凌、是種侵略、將作者的感性強行加諸於讀者最私密的空間，這些仍是不爭的事實。」[26]

小說家約翰．加德納（John Gardner）也持相同的見解，將說故事者定義為「**秘密**

的宣傳員」[27]，且「世界上沒有比這更強大的奴役力量」。[28]我在蒂蒂安和加德納的名言中加入粗體字來引起眾人的注意：**秘密**。所有這些霸凌和宣傳，要想發揮最大效果，就得是隱密且間接地執行。

如同先前說過，商界人士喜歡借特洛伊木馬的故事來說明故事的價值。這是很棒的隱喻，因為它恰如其分地描述了一則好故事中隱密的本質，也因為每個人都知道特洛伊木馬的故事。然而，荷馬所撰寫有關特洛伊戰爭的故事中並沒有提到特洛伊木馬（《伊里亞德》），只有在奧德修斯戰後展開的冒險中簡略地帶到（《奧德賽》）。因此，在沒有權威荷馬版本的故事的前提下，變異版的特洛伊木馬故事在希臘語羅馬文學中大量湧現。

羅馬詩人維吉爾（Virgil）的《埃涅阿斯紀》（*Aeneid*）和其他作品講述了一個著名的版本，直接表明特洛伊人單純被大木馬給騙了這個想法事實上可能性不大。他們該有多愚蠢呢？他們和希臘人相互憎恨。在特洛伊人的城市毀滅之前，眾所周知他們已經不信任希臘人帶來的任何禮物。所以說，在維吉爾的文本中，希臘人留了一個說書者來賦予木馬意義。這位說故事的人，西農，才是真正的特洛伊木馬。他的腦海裡蘊含一則足以摧毀特洛伊城牆的故事。

維吉爾告訴我們，來到戰爭的第十年，希臘人突然拔營，就著夜色朝著家的方向航行（實際上他們只是把船藏在離特洛伊海岸不遠的一個小島後面）。特洛伊人在廢棄的敵營中發現這匹巨大的木馬，還發現了躲在沼澤中的希臘士兵西農。最初特洛伊人怒火中燒團團將他包圍，但沒多久就被他故事中的力量哄騙，平靜地落入了謊言中。

西農解釋，希臘人離去之前，決定要犧牲一人獻祭給眾神。為平息宿怨，奧德修斯密謀讓西農成為祭品。其他希臘人看出了奧德修斯的意圖，但並未起身阻止。然而，還沒等到西農被拖上祭壇，他就掙脫束縛逃走了。

西農假裝對同伴的背叛感到憤怒與傷心，向特洛伊人講述了這則漫天大謊。希臘人打造木馬獻給雅典娜。傷害木馬會替特洛伊帶來災禍。但要是這神聖的貢品被帶入城牆，這座城市便能獲得神聖的恩賜。除了木馬本身，西農的故事和他精湛的講述能力也預示了特洛伊的厄運。沒有這則故事，這匹美麗的木馬很有可能會化為灰燼，所有希臘英雄將受困其中。

特洛伊木馬並非暗示故事引導行善的力量。畢竟特洛伊木馬是戰爭的根源。它的肚子裡隱藏著一場殘酷的浩劫：大屠殺、大規模強暴、奴役、文化滅絕、嬰兒自高塔上被扔下。特洛伊木馬是故事武器化的隱喻，是騙子、宣傳者、假新聞專家、邪教領袖、廣告業者、陰險商人和煽動者骨子裡的認知。希臘人留下了一片烈火燒盡的廢墟，取代這座曾經榮耀一時的城市。他們贏得戰爭，卻也讓自己化身成了怪物。

## 說故事永遠的毛病

讓我告訴你個相當優秀的實驗，攸關一位名叫史帝芬的男孩，他有心理與情緒方面的障礙，但卻是個電腦程式設計小神童。僅僅十六歲，史蒂芬就吸引了電玩設計公司的注意，委託他根據最喜歡的《多重結局冒險案例》（*Choose Your Own Adventure*）文學系列為基礎設計一款遊戲。

這位有精神障礙的年輕人創造了一款遊戲，目的是要以扭曲的枝葉填滿敘事的可能性。史蒂芬廢寢忘食。他越是睡眠不足和營養不良，就越是偏執。他開始意識到，現實生活就跟《多重結局冒險案例》一樣，多種不同的未來都延伸到了各種不同的現實世界。我們所做的每一個選擇，我們所說的每個字，都或多或少重塑了我們的未來。但要是我們並非做選擇的人呢？史蒂芬開始相信，有一種暗黑的智慧替他做了所有抉擇，彷彿他是電玩中的角色一樣「把玩」他。

史蒂芬相信，有時候這殘酷的智慧強迫他殺人、有時候則是自殺。有時史蒂芬被迫做出讓他從此過上幸福日子的選擇，有時則是在監獄裡腐爛度日。大多時候，就跟他的人生來到高潮處一樣，情節又會峰迴路轉回到原點，以全新、令人不安的方式蜿蜒曲折。在一條敘述的路徑之上，史蒂芬發現了恐怖的事實：他只是一名電影演員——菲昂・懷海德（Fionn Whitehead）——根據預設劇本的表演。一直以來，史蒂芬明白，他只是在假裝難過、假裝殺人或死亡。但倘若他被迫走上另一條不同的路徑，便會發現自己根本不是演員。不是精神分裂症患者也不是致幻劑的濫用者。他其實是瘋狂科學家進行精神控制實驗的白老鼠。

我把這錯綜複雜的情節稱為潘達斯奈基（Bandersnatch）——轟動一時的網飛影集《黑鏡》（*Black Mirror*）的衍生作品。潘達斯奈基提供了迷人的違反第四面牆示例，也就是將假想世界的演員和現實世界的觀眾區隔開來的虛構藩籬。違反第四道牆通常包括演員們離開舞台（或者抽離角色）與觀眾互動，從而消除了虛假與現實之間的界線。然而，在潘達斯奈基中，是觀眾闖進了虛構的世界，搭訕主角並掌控了他們的命運。在潘達斯奈基的體驗過程中，我們可以選擇讓史蒂芬了解醜惡的真相。無論是出於良善還是惡意，我們都可以透過他的電腦聯繫並通知他，「我正在網飛上看你。我替你做選擇。」

但是，倘若潘達斯奈基瘋狂科學實驗的對象不是史蒂芬，而是網飛那些坐在沙發上按著遙控器、按下的按鈕將揭露他們希望隱藏的真實性格的觀眾呢？舉例來說，觀眾是否會屈服於虐待狂的衝動因子，迫使史蒂芬無端謀殺他那位不完美但是相當慈愛的父親？他們是否會讓史蒂芬將父親的屍體放進浴缸大卸八塊，藉此湮滅證據？他們會不會強迫他和女性心理治療師展開一場極度不憐香惜玉的鬥毆？他們會不會要這個虛弱的男孩站上高層陽台，喀噠一聲按個按鈕就把他推落地面？

嗯，是的，就目前的觀眾而言，「他們」會做出這些所有事情。潘達斯奈基很類似那些探索我們殘酷程度的著名實驗——史丹佛的監獄實驗或者模擬電擊的米爾格倫實驗。如果我們認為這是「被允許」的且無人做出批判，那麼人們能殘忍到什麼程度，會導致多少看似真實的痛苦？

就跟科學家在老鼠於迷宮內奔跑時在表格上打勾一樣，網飛的數據科學家仔細地觀察我們如何在潘達斯奈基迷宮般的情節中左彎右拐。根據我們的點擊次數，網飛可以推測出很多有關我們的資訊：我們喜歡瘋狂、無腦的動作場景還是較慢、較理智的情節；喜歡浪漫的勝過好笑的；不太可能的曲折情節比現實結果更吸引我們。根據我們為史蒂芬選擇的早餐，他們甚至可以推斷我們比較喜歡家樂氏香甜玉米片，而不是白糖泡芙。

網飛承認他們搜集了潘達斯奈基觀眾的數據，用來「提供你未來將看到的個人化推薦」還有幫助「決定如何改善潘達斯奈基的說故事模式」。[29] 換句話說，播放潘達斯奈基時，我們成了他們實驗的受試對象，在這個實驗中，網飛搜集了心理層面的資訊，用來控制我們的思想和行為。至少網飛是用這些數據來預測我們的偏好，讓我們最大限度地將時間花在這個平台上，最終採取對他們而言最重要的行動——確保我們會繼續支付會費。

網飛必須解決的是說故事此行為永遠的毛病。世界各地成功的故事，以及我們過往讀過的歷史，都有一種顯著的規則，至少從柏拉圖和亞里斯多德的時代開始，這條規則就一直被仔細審查（第四章將探討此主題）。同樣明顯的事實是，並非所有故事都能取悅讀者。所有講故事的普遍方法，都是對一部分的閱聽者有效，對其他人則沒有效果。這只是一種抽象的統計結果，對於從宏觀的角度來思考故事很有幫助，但卻無法套用於現實世界。

真正有血有肉的說故事者以多種不同方式向活生生的人傳遞訊息。比方說，研究人員研究了種族、階級、性別、教育程度、年紀等基本人口統計數據，以及基本人格特徵如經驗開放性、移情傾向與社會智能，如何影響人們對於故事的反應。[30]某些方面看來，這項研究只是證實了一個顯而易見的事實：有些人（我）可能會因為某則傷感的廣告內容落淚，有些人則連看《辛德勒的名單》都無動於衷；你可能較喜歡真實犯罪的故事，我可能對於一窺偉大藝術家混亂生活的傳記有著病態的渴望。

但自其他方面來看，這項研究並沒有顯示出明顯的結果。舉例來說，性別差異帶來了有趣的相異點。[31]研究結果顯示女性普遍較有同理心、有較高的社會智能、語言技巧且更會做白日夢（是的，這是能夠估量的），使她們比男性更容易被故事牽引。[32]此點表明，不在乎女性的人所講出的故事必然都錯過了理想的觀眾，這也代表提供更多機會給女性製作人、作家、演員及導演不僅僅更合乎倫理，也等於有更好的商業機會。

網飛和其他數位故事平台如網路新聞、雜誌、社群媒體，都搜集了大量數據。他們知道我們喜歡什麼類型的故事。他們知道我們何時會覺得無聊，然後跑去上廁所；或者是感到無聊至極，直接放棄某節目。他們利用這項資訊做出兩種至關重要的判斷。第一，總體來說哪種故事最吸引消費者？第二，哪種方法能適用於每個人，能將正確的節目推薦給對的觀眾？

或許也不用太擔心這點。畢竟網飛推薦給我們可能會喜歡的節目，這點並無不妥吧？然而，這種故事定位技術也會導向負面的後果。

## 故事網

近乎十年前，國防高等研究計劃署（Defense Advanced Research Projects，DARPA）召開了講故事大會。DARPA 是美國國防部內負責開發新軍事技術的半秘密機構，有時被稱為「軍工聯合體的核心」[33]這場會議集結了神經科學家、電腦科學家、心理學家和說故事的專家，共同發起一項「故事、神經科學、實驗技術」的全新資助倡議。

為了使該項目如表面名稱一樣反烏托邦，他們並沒有將之命名為《魔鬼終結者》已經使用的天網（SKYNET），而是稱其為故事網（STORyNET）。[34] DARPA的管理人員關注新科學，表明當今以故事為基礎的訊息戰是特殊的潛力股。與此同時，五角大廈深陷進了伊拉克與阿富汗的戰爭之中。蓋達組織和其他對手不只是堅守他們自己的戰場，也贏得了網路訊息之戰。DARPA想將故事拆解並研究其中最強大的影響力，然後將這項知識運用到可以增強說服力的技術當中。

傳統的戰爭宣傳，比如無線電廣播或是從轟炸機內飄落的傳單，就是種亂槍打鳥的啞彈，像是一堆無頭蒼蠅，用千篇一律的訊息轟炸每個人。DARPA想出了一種新型態的故事，就像推想小說中的變形物種一樣，不斷調整自己以符合每個故事消費者的獨特心理。簡言之，這些故事如同訂製西裝，和其他西裝一樣有不可少的元素（例如：兩條褲管、兩條袖子），且完美且精確地根據每個人特有的神經解剖結構量身訂製。

你的電視能夠讀懂你的心智，根據你根深蒂固的性格和變化快速的情緒調整故事內容，此想法聽起來似乎有點牽強。然而，回顧第一章，我們對於故事的主觀反應和可測量的生理反應密不可分。比方說，如果我們因為故事感到驚恐，會些微冒汗、呼吸急促、汗毛直立、瞳孔放大。你不必撬開頭骨就可觀察到大腦的反應，你只需要搜集以概率方式所測量和已知大腦狀態相關的生理數據。

由神經科學家喬治・巴拉薩（Jorge Barraza）及保羅・薩克（Paul Zak）領導的DARPA資助研究小組改編了一則有關身患絕症的男孩和他悲痛父親的真實故事，呼籲大眾捐款給一間為患病兒童服務的慈善機構。採用觀測心跳和出汗率的基本測謊設備，他們想看看是否能成功預測特定觀眾「購買」訊息的意願。透過排除那些情緒反應低迷的人，他們能夠以百分之八十的準確率預測誰最終會捐款給慈善機構。換句話說，他們不僅僅是研讀觀眾的情緒。他們做到了更為非凡的成果：預測未來。[35]

然而，故事網有個更大的野心。在如同潘達斯奈基這樣的自選冒險故事中，你會不斷做出選擇，被故事帶往不同的路徑。但是，如果電腦每一微秒皆能夠讀透你的思緒，並根據你的精神和生理狀態相關聯的一系列指標將你帶往不同的路徑，那麼情況會有何不同呢？這些數據可以透過一系列網路攝影機、麥克風、電視和其他設備被蒐集，事實上中國已經在這麼做了。[36]最終，倘若電腦這麼做的目的並非將觀眾的愉悅程度提升至最大值，而是為了使觀眾臣服於故事內容，那麼會是關乎民族和諧此種振奮人心的訊息、銷售宣傳，還是針對少數族群的險惡說詞？

在自選冒險故事中，量身打造的情節在每位觀眾身上發揮最大值的影響，技術上來說是可行的。若此事沒有辦法實現，也並不會是技術上的阻礙，而是因為這樣的形式已經被市場上更廉價、更骯髒的故事操縱手段給擊敗了。

## 新的全景監獄

有兩種方式可以打造具有最大值操縱能力的故事。第一種是DARPA致力於用一種複雜的技術陣列來掃描故事消費者的數據。然後，根據搜集得來的數據，觀眾會被以某種方式推到敘述可能性的分支中以實現訊息。

但是政府與企業已經在完善第二種方法。與其倉促地搞懂大眾如何應對故事，事先搞懂人們的所有資訊會更容易：他們所有的人口統計數據、個性和政治傾向怪癖，甚至是他們始終守口如瓶、扼殺了心中想像的性衝動。然後，一旦一個人身分中的所有一切都簡化成長條圖和散點圖的集合，他就可以接觸到這些已知對相似心理特徵的人最有效的故事敘述。

這需要很強大的監控技術才能達到此成果。十八世紀時，社會改革者傑瑞米・邊沁（Jeremy Bentham）提出了一個名為全景監獄（panopticon）的完美監控技術的想法，這是一種採用中心輻射狀設計的監獄。[37]獄卒可以看到監獄中央的犯人的一切。但是真正巧妙的部分是：由於照明系統和簾幕的關係，犯人沒法看到外面。因此，即使囚犯們知道獄卒可能沒有在看，也得表現地像是被監視一樣。

全景監獄這個詞來自希臘文，意思為「無所不知」，完美反映了當今生活的數位監控。邊沁的全景監獄和當今的數位監控之間最重要的相異點在於，邊沁希望人們即使沒有被監視，也有被監視的感覺（《一九八四》中無處不在的雙向螢幕也是相同的目的）。然而，全新的數位監控被設計成即便我們被監視了也感覺不到。

此外，邊沁的全景監獄只能提供視覺方面的資訊，但新的數位全景監控則可以讀心。我們過日子的同時，有關自己的數據就跟頭皮屑一樣不斷掉落。正如許多技術專家所觀察到的，「免費」的數位經濟中，實際被出售的產品就是用戶的訊息、想法、願望和寶貴的注意力。

數位全景監獄對我這個人了解多少呢，是沒什麼在用社群媒體、客氣的技術用戶嗎？這個嘛，它無所不知。我的手機隨時都知道我的位置，甚至可以在我離開之前預測我要去哪裡。多虧了我使用的營養App，它可以詳細了解我吃的東西，並且可以根據暴飲暴食的時間精準推測我的情緒。多虧了其他App，手機知道我晚上幾點睡覺、幾點起床，也知道我的運動習慣。根據我的谷歌搜尋紀錄和其他網路的流量，它完全知道我在想些什麼。感謝Siri，手機甚至知道我在心情好或心情壞時聲音是什麼樣子。總的來說，就算這些資訊被切割並散播出去，像亞馬遜和谷歌這樣的公司對我的了解也遠遠超過任何我能說出的有血有肉的人。他們知道，且能精準預測出我對於書籍、音樂、電影和新聞的喜好。他們知道我的政治傾向。他們知道我的愛好——我堅持的愛好，和我三分鐘熱度的愛好。他們知道我隱秘的渴望和可恥的虛榮心。他們知道那些我永遠不會魯莽地寫在日記裡的事情。

數位全景監獄可以根據我每時每刻的實際行為和思考方式來了解我的真實情況，它看到的是我的真面目，而不是我展示給世界的多種面具。甚至連我自己都沒有這麼精確、透徹地了解自己。全景監獄以毫無自我偏見的方式、毫無自我扭曲的方式看待我，它記得曾經習得到的關於我的一切，而那些事情我自己幾乎全忘光了。

監視資本主義這樣冷冰冰的科學詞彙和古老的說故事技藝似乎相去甚遠。但正如電腦科學家杰倫・拉尼爾（Jaron Lanier）所說，這些「行為修正帝國」搜集數據的主要目的是為了創造更吸引人、更能激起情感、最終更有說服力的故事。[38]最後，它的目的是要我們買單，無論是無害的全新小玩意還是具有社會毒性的思想病毒。

## 閃電戰二〇一六

二〇一六年五月二十一日，兩組抗議人士湧入德州休斯頓的伊斯蘭達瓦中心。一個小組由一個名為「德州之心」的臉書群組的成員組成，該小組致力於讚揚德州遺蹟以及槍支權利和移民控制等政治問題。另一組抗議者是由另一個臉書群組，穆斯林聯合組織召集的，他們倡導移民權利和槍支管制等議題。那天，德州之心的成員響應號召，聚集在「仇恨神殿」（又名伊斯蘭中心），以宣揚「停止德州的伊斯蘭化」。成員們被告知

「隨時攜帶你的槍支，亮槍也沒關係！」而許多人都這麼做了。抗議的消息傳開後，美國穆斯林聯合會的成員集合對抗抗議者，針對伊斯蘭恐懼症此點發表聲明。兩群抗議人士揮舞口號旗幟，隔著警戒線相互叫囂，一直到累壞了才回家。[39]

這只是美國日常的一天。

但事實並非如此。沒有任何抗議人士知道，他們只是被無形絲線拉動、被千里之外的木偶師控制的人偶。木偶師無需使用絲線將兩群人馬聚集在一起跳戰舞，只需要告訴他們不同的故事。

德州之心和穆斯林聯合組織是俄羅斯聖彼得堡網路水軍（IRA）創建的近五百個臉書群組中的其中兩個。IRA 處於俄羅斯政治機器運轉的核心位置，以「巨魔農場」聞名於世，並在二〇一六年美國總統大選期間大出風頭，這兩個臉書群組都做了相當成功的宣傳。德州之心有二十五萬名成員，穆斯林聯合組織則有三十萬人。這兩個假帳號社團的貼文總計有八百萬次按讚數和超過一千萬次的分享。[40]

將 IRA 稱為巨魔農場是一種誤導。[41]這聽起來像是滿臉青春痘的青少年在發廢文，像是這群失敗者除了在 YouTube 影片下發表殘忍、褻瀆的評論外別無他法。事實並非如此，IRA事實上是一座故事工廠。自從二〇一三年起，它訓練了成千上萬具有新聞或公關背景的俄羅斯人，在故事戰中充當突擊隊。這些宣傳人員受過訓練，可以看到社會中的斷層線，然後用巨大的力量將楔子插入其中。

德州之心的成員聽了以下這樣的故事。在這些故事中，善良、土生土長的德州人整個生活都受到了外國滲透的威脅。穆斯林聯合組織聽到的故事則是頌揚穆斯林美國人的身分，以及當前對其最顯著的威脅：以德州之心為代表的深紅色美國人。有時候這些故事純屬假新聞；有時候則是千真萬確，但卻經過精挑細選，以用來激起一個群體對於另一群體的仇恨。雙方都認為自己是故事中的好人——被逼到走投無路的主角。

俄羅斯人將臉書視為歷史上最棒的思想控制機器。只要有正確的數據，他們就能將電腦變成一台製造敵意和分歧、而非同理心及連結的機器。

這樣的行為通常都被輕描淡寫為「俄羅斯的影響力運動」，實際上更好的說法應該是：這是一場故事閃電戰。這是一種故事的武器化，以及人們對於故事天生的脆弱性。此運動的短期目標是透過散佈能夠振奮共和黨選民、同時使民主黨士氣低落的故事，幫助共和黨候選人贏得選舉。俄羅斯努力的長期目標是透過激起我們所有人的怨恨來對美國造成長久的損害。

俄羅斯的故事閃電戰是歷史上最輝煌、最具破壞性和影響力的宣傳攻擊之一。在這場由少數幾個紫色州的數萬張選票決定的競選中，這種行為對於選舉結果是否具有決定性的意義尚且不明。但他們確實達到了削弱並分裂美國巨人這個更遠大的目標：讓美國人民內鬥，無法在世界舞台上保有穩定的地位，更別說是付出更高昂的代價來阻止進一步的攻擊了。

俄羅斯情報部門使用了各種武器，比如迷因哏圖、資訊圖表和假新聞故事。但這些所有的共同點都是創造相互對立的故事，這些故事會引發衝突，擦槍走火，最終讓這個國家像狗一樣轉來轉去、暈頭轉向、越來越虛弱，因為它不停地想咬自己的屁股。

## 詩意的哲學家

如果要舉出大部分人都知道有關《理想國》的一件事，那就是「洞穴寓言」，這仍然是目前大學課程中最被廣泛教授的文本之一。[42]如果一般人對於《理想國》有另一個了解，可能是我在本章開頭提出的概要：柏拉圖如此偏執地反對故事，以致於他希望將所有講故事的人都扔到城牆外。

等等！但是這兩個事實明顯相抵觸。「洞穴寓言」是故事（寓言的次一種文學體裁）。而柏拉圖書中的主人公、根據一位真實人物改編的蘇格拉底，不僅是所有古代文學中最圓滑、最古怪的人物，本人還是一位才華橫溢、不知疲倦的說故事者。事實上，整本《理想國》都是由蘇格拉底以第一人稱所描寫。他首先解釋了他的一些富有的伙伴是如何阻撓他，並以假裝的暴力威脅迫使他談論哲學。在這段對話中，有許多柏拉圖自創的小故事、漫畫旁白和偉大的神話傑作。這一切完全印證了菲利普・西德尼爵士（Sir Philip Sidney）在《為詩申辯》（*The Defence of Poesy*）中所說的，柏拉圖是「最富有詩意」的哲學家。[43]

因此，《理想國》告訴我們，柏拉圖用盡他所有說故事的技巧去攻擊說故事這門技藝。他正在講述一則故事，若這則故事的寓意有被稍微認真看待的話，最終他會被逐出自己的烏托邦。這是什麼意思呢？

有一種可能性是，柏拉圖沒有看出這首詩的反諷意味，他可能沒有注意到自己正以說故事的方式譴責故事，使得《理想國》這本書成了一條自我吞食的銜尾蛇。但這似乎不太可能。可能性較高的是，那些認為柏拉圖想要驅逐詩人的作家都沒有真正理解他的觀點（或者沒有深入閱讀他的書）。沒有人比柏拉圖更了解故事的危險性，這就是他一開始確實想將說故事者逐出城外的原因；但也沒有人比他更全面地了解故事建構社會的能力，這也正是最後沒有驅逐詩人的原因。

兩千四百年前，柏拉圖得出了和我一樣的結論：故事是大規模控制及塑造人類行為的主要工具。他非但沒有以實際行動反對故事，並且沒有一位遠大的思想家像他一樣意識到、並全心全意運用故事的力量。

# 第三章

# 故事王國的大戰

——宗教是世界上最大的洗腦組織

柏拉圖的《理想國》所點出的大問題是：為什麼人類可以理性地活著，而不會死於非理性？柏拉圖從不隱瞞他的答案就跟想像中一般激進。首先，柏拉圖只會將自由的詩人趕出城外，也就是那些拒絕將自己的才能貢獻給國家需要的人。再來，他禁止那些最激勵人心的說故事方式，並將剩餘的內容納進他的哲學王國的管轄範圍內。書架上的大量書本會被扔掉。但其他作品需要經過重新審查、修改並被賦予新的用途。主要目標是荷馬的《伊里亞德》和《奧德賽》，也就是希臘人心中最接近《聖經》的東西。《理想國》中很長一段篇幅都在描述一場很愚蠢的毀書派對，摧毀柏拉圖史詩中反對的東西——差不多是所有東西，經過調整、大幅修改或者刪除，直到最終成為適當、乾淨的《伊里亞德》及《奧德賽》。

柏拉圖還提倡將共產主義推行至合理範圍內的最極限。他將廢除一切私有財產，讓所有人（從挖水溝的工人到醫生）擁有相同的經濟水平。由於在雅典，妻子基本上被歸類為丈夫的財產，被視為和後代一起被集中養育的公有財產（政府也會根據優生學目的進行配對），[1]柏拉圖的體系尋求的是一種情感的共產主義，在這種共產主義中，浪漫的愛情、父母與孩子之間的情感都將被禁止。

簡單地說，柏拉圖建議，要解決人類最嚴重的問題，消滅愛意，那些美麗詩歌中的情意、孩童手足之情、夫妻之愛是唯一解方。柏拉圖發現，世界上並沒有足夠的力量使這樣的願望成真。為了實現這完美的願景，他需要贏得那些過於愚蠢、無法被純粹邏輯感動者的順從。趨向完美的路途如此痛苦地違背人性，如何才能達成目標呢？

故事。大量的故事。

柏拉圖的理想國並非沒有故事的王國，而是一座故事已被融進一磚一瓦的美善之邦。唯一的區別是，這些故事並非自然產生，而是由一群哲學菁英經由優生學和特殊的訓練所打造，完善了這項任務。最後，柏拉圖的理想共和國將由一位說故事的國王、一位哲學家國王所統治。柏拉圖開始了一段理性的獨裁統治，最終成了虛構的獨裁政體，其中的每一則故事，從母親哼唱給孩童的床邊小故事，到人類起源與終結的宏大神話，都將歸國家所統治。柏拉圖的國王將透過宣傳故事和神話的壟斷來統治王國。

卡爾・波普爾（Karl Popper）是二十世紀最偉大的哲學家之一，並強烈抨擊柏拉圖的理念。他激勵人心、反傳統信仰的傑作《開放社會及其敵人》（*The Open Societies and Its Enemies*），像是哲學家之間的血腥戰爭一樣展開於眾人眼前。在這本書中，他抨擊柏拉圖的《理想國》是建立極權主義反烏托邦的邪惡指南。

他對柏拉圖似乎太嚴厲了。但波普爾認為，從柏拉圖時代開始，每一個極權主義烏托邦的第一條規則就是**控制和壟斷故事**。這同樣適用於二十世紀所有噩夢般的極權主義實驗，包括德國納粹、蘇聯、北韓和紅色高棉統治下的柬埔寨，以及毛澤東時代和當代中國。[2]這些政權都堅持要主宰所有說故事的形式，從新聞到藝術無不例外。不願意屈服於國家所需要的訊息的說故事者將被滅口或者流放至古拉格（對犯有叛國罪的人實行嚴酷勞改刑罰的監獄），那些拒絕假裝相信這個虛構的現實的人也是同樣的下場。這些政權知道，若沒有先統領說故事的王國，就沒法主宰真正的世界。

以典型由說故事國王統治的天主教會為例，只有他們稱統治者為主教，而非國王。但是他住在宮殿、坐在王座，身著富麗堂皇的盛裝，在特殊場合戴上皇冠。他被同樣珠光寶氣的紅衣主教，被稱為「教會的王子」的人們環繞，其他人則必須彎腰親吻他的戒指。他的所有權力和特權都奠基於他所聲稱的最具深度、最真實版本的基督故事，並像上帝一樣精確無誤地講述這些故事。

一千多年以來，直到十六世紀的宗教改革，許多教宗致力於建立一個遍佈全球的教宗神權統治政體，讓各地的王子和當權者都淪為附庸。當他們的權力達到頂峰，教皇國就和其他實權一樣，證明「說故事的人統治世界」。藉由掌控基督的故事，教會深深影響了先前彼此沒有連結、孤立的歐洲人民，將他們交織在一起，成為一個被稱為基督教世界的跨國文明。教會在所有精神層面的事務上擁有最高權力，就連掌控國家、號令軍隊、脅迫君王、殺戮異端和判教者等世俗的事務也不例外。

天主教會撰寫了一則有關上帝及其至高無上權力的故事，鋪設了一條穿越梵蒂岡寶藏室、痛苦的天堂之路。為了確保故事專屬於自己，教會以拉丁文做彌撒，若聖經被翻譯成歐洲通用語言則會被判處死刑。只要所有神聖的文本都以只有神職人員和受過教育的貴族才能理解的語言寫成，大眾便無法質疑神父所制定的規則是否與經文相符。

不斷有異端分子出現挑戰故事內容和教會的權力，但很容易就可以用有創意的極端暴力行為處理掉他們，例如活活燒死、開膛剖腹、肢解，或者三者合一。沒錯，這些極刑都會公開示眾以達到娛樂效果，同時讓大家瞧瞧反叛的代價。最後，在這場與新教徒的故事之戰中，教會創立了全世界第一間宣傳部門：萬民福音部，用以在非天主教地區傳播天主教義。

在這整個過程中，教宗無情地控制了故事，這正是柏拉圖夢寐以求的，而列寧、希特勒、毛澤東和金日成等其他掌握說故事技藝的國王也都試圖藉由他們自己的神話、宣傳部門和針對異端的恐怖暴力達成此目的。

即便自宗教改革以來，教會的權力不斷被削弱，也從來沒有機構如此長時間地徹底掌控說故事這項行為。今日，教宗擁有絕對管轄權的領域僅剩羅馬金碧輝煌的梵蒂岡建築群，然而通過宣稱擁有基督故事的最終解釋權威，教宗仍然能對全球十三億天主教信徒發揮強大的影響力。

## 藝術是種傳染病

這是一本關於戰爭的書。它是世界史中最重要的一場戰役；它能追溯到人性的起源，且永遠沒有終點。然而，故事王國的大戰總是以激烈的方式展開，因為正如俗話所說，**會說故事的人統治世界**。故事越宏大，潛在的影響力就越大。

「故事」這個詞有消遣、愉悅和無害的涵義。因此，「故事之戰」聽起來像是兩個矛盾的詞，就像兩條彩虹試圖彼此吞噬一樣。但是故事之戰可以說是人類競爭中最普遍、最重要的形式，無論是地緣政治或者婚姻中的權力鬥爭，都是犧牲他人的故事為代價，以換取自己的利益。

人類以拳頭或言語羞辱、用飛箭或子彈相互攻擊，用炸藥相互毀滅、用化學物質傷害彼此。但是最嚴重的鬥爭、同時也是最容易被忽略的，是跨越國界、人類無窮無盡的想像力。

世界刮起了一團由媒體泡沫、假新聞、野蠻的認知偏誤交雜而成的後真相漩渦。當現實世界的人們越沒有共識，我們就越是活在一個千真萬確的故事王國中，未來將不是由事實所塑造，而是由相互競爭的說故事者決定。

這一切點出了一個關鍵問題：該如何贏得故事之戰？

能在這場故事戰爭中發揮作用的東西，和在被達爾文稱為「自然之戰」的爭鬥中有關鍵效果的事物一致：並非在道德或美學方面勝出，而是仰賴傳播的力量。不起眼的民間故事是用來探索為何有些故事得以散播出去、有些則否的好辦法。民間故事是在社會大眾間興起並廣為流傳的內容，很難追溯到最初的作者。這使得它們變成了一座完美的天然實驗室，用於確認在故事的自由市場中，什麼可行、什麼不可行。

民間故事並非過去的體裁。時至今日，民間故事也仍如雨後春筍般湧現，但在網路上卻能以相當驚人的速度傳播。舉例來說，我們最經典的笑話就是幽默的民間故事，他們在社會中傳播單純是因為其強而有力的內容，如同小小的書頁中塞滿了衝擊力強大的故事手榴彈。

或者想想經典的都市傳說，男人在拉斯維加斯狂歡一夜後醒來發現沒了腎臟，或者是「生活」麥片的吉祥物「小麥基」，吃完跳跳糖和喝了汽水後，死於一場可愛的爆炸。我們之所以知道這些故事，是因為他們戰勝了其他從未被流傳的故事。即便是在網路興起之前的年代，像這樣的都市傳說經由口耳相傳散佈至全世界。儘管被傾盡全力扼殺，且沒有主流媒體大肆渲染，它們仍然無可避免地傳播開來。

列夫・托爾斯泰（Leo Tolstoy）最廣為人知的作品是《戰爭與和平》和《安娜・卡列尼娜》，但同時他也是一名有膽量的哲學思想家，一八九七年他出版了一本名為《托爾斯泰藝術論》的書，想藉此明確闡明藝術的精髓，特別是他專屬的藝術形式——說故事。然後他想出了我所知道的最棒、最精確的定義。

托爾斯泰定義藝術，包括故事的藝術，是種**情緒感染**。[3]好的藝術家以藝術家的情緒與思想感染觀眾。藝術越是傑出，感染力越強。它能在我們所有的免疫系統內發揮作用，將病毒植入其中。托爾斯泰是透過藝術的直覺，而非科學得出這樣的結論，但在他去世的一百年後，心理學家在實驗室內也是得出了同樣的結果。

如同先前看到的，情緒會賦予故事說服力。強大的故事通常能產生強烈的情緒，並化解我們的猜疑，然而情緒同時也能預測故事是否會被分享。[4]事實上，正如托爾斯泰所預測，這個病毒最強大的預測能力，即為內容所挾帶的情感衝擊力。心理學家羅賓・納比（Robin Nabi）和梅蘭尼・格林（Melanie Green）解釋，我們分享帶有情感感染力故事的衝動「已被廣泛記錄在文化、性別與年齡組之中。事實上，情感越強烈或是情緒的破壞力越大，越有可能在社群媒體上被分享，且會在很長一段時間內被重複分享」。[5]舉例來說，一則都市傳說越是激起憤恨的情緒，越容易被記住且流傳。心理學家喬瑟夫・史特伯菲爾（Joseph Stubbersfield）的研究顯示，「有關油炸老鼠、雞肉漢堡中滿是膿液的腫瘤，或者意外亂倫的故事，比馴服、不那麼噁心的故事更有可能在文化上取得成功。」[6]一場針對政治性推文的研究表明，每一個被研究員歸類於情緒化的字詞，推特用戶轉發該推文的可能性會增加百分之二十。[7]

但是，預測病毒式的傳播能力時，並非所有情緒都是相等的。情緒可以被分為兩類：高活化情緒如憤怒、焦慮、歡欣鼓舞，以及低活化情緒如滿足感和絕望。高活化情緒是生理方面的活躍，如同我們準備採取行動時心跳、呼吸加速、血壓上升。低活化情緒是令人喪失活力，使我們傾向無所作為。正是憤怒使我們自床上一躍而起準備戰鬥，而絕望感令我們想鑽進被窩中躲起來。[8] 喚起高活化情緒的故事令我們有重述的欲望；喚起低活化情緒的故事則讓我們閉上嘴巴。

來看看這項研究發現如何套用在我們所知傳播力最強的故事——耶穌基督的福音。

## 國王們的說故事大王

大約在西元三十年，拿撒勒的耶穌是末世許多具有超凡魅力的拉比之一，最後被釘死在十字架上後埋葬。他死後三天，其中一些追隨者說起了一則神奇的故事。

是的，這位拉比是以最可怕且最羞辱的方式死去，但此刻已然復活。耶穌不僅是猶太人的彌賽亞；耶穌自己就是神。然而一開始幾乎沒人相信他。

當時，地球上有大約二十名基督徒——耶穌的男門徒和少數幾個女人。他們本身都是無權無勢的無名小卒。耶穌自己也曾是落後農村的工人，他的所有追隨者全都十分貧窮且未受教育。而且，身為猶太人，他們都是強大的羅馬帝國中一個弱勢受壓迫部族的成員。然而不知何故，短短幾個世紀內，儘管有時遭到了惡毒的鎮壓，這種無權者的運動最終引發了全世界最具爆炸性的宗教革命。[9]

最初，少數基督徒被嘲笑是可笑的邪教。三百三十年後，這個宗教擁有數千萬信徒，被命為羅馬帝國的國教。往後好幾個世紀，耶穌的故事將主宰西方文化的每個層面（藝術、哲學、法律、性規範等等），最終成為今日的模樣：地球上最成功的宗教以及歷史上最強大的說故事王國。[10]

上帝不會死，甚至不會生病。即使在我們的科學時代，絕大多數人仍然相信某種形式的神性。但即使是非常強大的神也有可能會死亡。當信徒停止呢喃祂們的名字，停止斟滿祂們的奠酒，停止講述祂們的故事時，神即死亡。曾經所向披靡的希臘羅馬諸神如邱比特、戰神、維納斯、海王、朱諾等等，早已湮滅於時間之中。正是耶穌基督，這位和平主義的上帝殺死了祂們，抽乾祂們的血、使祂們化為煙灰，直至枯萎成今天的模樣：只是困在古書裡的文學人物。

早前的基督福音傳道者提出大量的「要求」。他們要求異教徒拒絕原先信仰的神祇，那些被崇拜了數千年的神明，從前很少有人質疑祂們的力量和報復力。這些異教徒被要求離開原先信仰的群體、疏遠原本的朋友。他們被要求聲稱原本信仰的神祇純屬虛構或者是魔鬼，然後把他們所有的信仰都寄託在一個來自以色列無名之地、新興的神身上。要是做錯了，可能得付出慘痛代價。

這位被少數狂熱者所崇拜，愛好和平的神是如何擊潰居住在奧林匹斯山上的古神大軍、至高無上的凱撒諸神呢？對基督徒來說，答案很簡單：耶穌基督打開了異教徒的心門。但是為什麼沒有打開猶太人的心（相對少數的猶太人改信基督），或是當今全球百分之六十八人口的非基督徒的心呢？[11]

宗教歷史學家羅德尼．史塔克（Rodney Stark）在他深具影響力的《基督教的崛起》（*The Rise of Christianity*）中，根據基督徒較高的出生率和當時大規模毀滅性流行病的影響，提出了一個全面的解釋。史塔克認為，基督教恰巧出現在羅馬帝國遭受瘟疫蹂躪的時候，這場瘟疫殺死了數百萬人，並粗暴地讓各家家譜斷枝散葉。這樣的災難會導致人們開始質疑他們熟悉神靈的良善與力量，使他們輕易地將信仰投向另一位抱負遠大的神，後者承諾來世將會有愛、救贖和喜悅的團聚。

所以說，根據史塔克的研究，基督教的上帝很幸運，祂在對的時間出現在對的地方，也就是異教徒對舊的神祇信心開始動搖的時候。但歷史學家巴特・厄爾曼（Bart Ehrman）認為，基督教中相互有關連的故事使其享有很大的優勢。基督教在一開始沒有用任何由上對下的方式傳播。和之後幾世紀強大的教會不同，早期的教會勢力微小，沒有辦法強迫人們信教、鞭打或是焚燒異教徒，也無法強迫人們「以武力」傳教。

基督教是透過口耳相傳的故事傳播信仰。比如厄爾曼描述了「好消息」溫和地接管西方世界的方式：一位基督徒女性向友人談及她所發現的新信仰。她說了自己聽到的有關耶穌和信徒的故事；也講述了自己的生活，以及向基督祈禱後獲得的幫助。過了一會，這位友人表示出真誠的興趣。這麼做的同時，分享「好消息」有了更多的可能性，因為這位友人也有其他自己的朋友。[12]

簡單地說，厄爾曼將基督教的勝利形容為傳播故事的勝利。[13] 基督教的故事擁有一個相當優越的特性：那些聽到的人不只會相信，還會傳播出去。但是，為什麼呢？

基督教是由強而有力的故事組成。耶穌自己就是個老練的說故事者，周遊各地講述我們稱之為寓言的故事。第一位福音傳道者及撰寫者如法炮製，將耶穌基督的生命故事傳播出去，獲得信徒且拯救了靈魂。然而，耶穌並非第一個透過寓言故事說教的聖人，即使祂是其中最優秀的。所有的宗教都是由故事組成的，傳播的力量則是取決於被重述的頻率和熱情程度。

基督教的故事如何以「愛你的敵人」這樣清高的準則，打敗滿是性愛、暴力和肥皂劇劇情等這些看似更吸引人的異教神話呢？

如厄爾曼在《基督教的勝利》（*The Triumph of Christianity*）中所解釋，基督教故事中有兩項無可辯駁的優勢。首先，與猶太教或是希臘和羅馬神話不同，基督教是以傳教的方式散播故事，只要有人接獲好消息，他就有神聖的義務將之傳播出去。隱瞞好消息屬貪婪且罪大惡極，該接受懲罰。這種傳播福音的義務類似於連鎖信的模式：「將這封信分享給六個人，否則就會大禍臨頭。」

其次，和猶太教相同，基督教是個極其不寬容的宗教。過去的羅馬宗教是多神論，對其他的神祇高度包容，邱比特不會在乎你同時信仰戰神，甚至是耶穌，只要你不吝嗇獻上美酒和鮮血就好。另一方面，猶太基督教的神善妒且不容許任何競爭對手。（第一誡：我是你的主，在我面前你不准有別的神。）

因此，基督教的故事有兩重關鍵：福音主義與不寬容的一神論，鼓勵信徒們傳播福音故事，同時確保信徒的思想不受未來新興的神祇影響。

但基督教故事所獲得的巨大成功，某些部分也可以用上述故事之間固有的情感連結，以及其傳播性來解釋。看看天堂和地獄的強烈對比，基督教提供了比其他異教諸神更為甜美的獎賞和更嚴厲的懲罰。在希臘羅馬神話中，來世的景象朦朧不清且變化不斷，每則不同的神話都講述了不同的結果。但整體來說，那些景象都是既單調又乏味。比方說，荷馬所撰寫的冥府黑帝斯像是間巨大的候診室，所有靈魂意興闌珊地排排站著想念他們的軀體，想念陽光、想念美酒和鮮肉，只有少數偉人能被送往極樂世界，其他好人和壞人一律待在無聊的候診室。宗教確實給了人們善報與惡報，但僅限於地球上，而若你犯了罪，眾神可能會在你死前懲戒你；但若你尊崇道德規範，則得以成長茁壯。

正如評論家早前所說，基督教義中的天堂似乎很無聊，只是坐在雲端聽天使們用豎琴彈奏輕鬆悅耳的音樂。對於那些將本能慾望視為可恥且充滿悔恨的早期基督徒來說，似乎很難生動地描述一座鼓舞人心的天堂。因為對於大多數人來說，若沒有沉迷於一些致命的罪惡（最輕的例子是貪婪、暴食和懶惰），很難想像真正的天堂是什麼模樣。儘管如此，和相愛的人共度一生，健康、安全無虞，聽起來似乎比黑帝斯好多了。

和對天堂了無生趣的滿足感相比，基督教義中關於地獄的故事才真正引起誕生自原始肉慾中的顫慄。厄爾曼如此總結普通罪人遭受的地獄折磨：「褻瀆者以舌頭吊掛在永恆之火上。犯下通姦罪的人同樣會被懸吊，但是是吊掛生殖器。墮胎的女子會被浸泡在高達頸部的糞屎之中。那些誹謗基督、質疑祂的正義的人，雙眼將永遠遭受熾紅的燙鐵灼燒。崇拜偶像的人會一次次被峽谷高處的惡魔追趕。不服從主人的奴隸，被焚燒的同時會被迫不停啃咬自己的舌頭。」[14]

確實，異教神話也描繪了酷刑，但這些酷刑只施用於最罪大惡極的犯人（例如普羅米修斯和西西弗斯因為蔑視諸神而遭受酷刑）。但基督教將此等極刑延伸到了普通罪人身上：各種騙子、通姦者、強盜、褻瀆者、手淫者和覬覦者。

整個基督教的佈道都是非常即時的，無一來自遙遠的年代。異教徒的故事非常恆久，足以令人信服且作為一種非正式的經文流傳無數世代，也可以是流傳數千年的文學著作。但是異教徒的故事更像是種過往的戲劇。**基督教則是現世的宗教**。奇蹟正在發生，而早期的基督徒們堅信他們活在歷史上最精彩的年代。耶穌和他早期的追隨者認為末世隨時可能降臨，很可能就在他們的有生之年。世界很快將走向盡頭，善有善報，惡者下地獄，引起了巨大的緊迫感。

這就是基督傳教的「強迫推銷」。耶穌可能回歸，可能下一秒就歸來。除非你現在皈依，否則要從數萬億年的火熱折磨中將你自己和所愛之人拯救出來，可能為時已晚。

因此，基督教早期成功的部分秘訣就是來世的故事，這些故事激起了更強烈的驚喜、敬畏、驚駭、恐懼和希望等激動人心的情緒。研究表明，這些正是削弱懷疑、促進信念並促使被說服者成為說服者的強烈情緒類型，這有助於解釋基督教故事如何在有史以來最偉大（並且仍在進行中）的故事戰爭中戰勝極高的失敗率。

在談論完這些在看似艱難的情況下茁壯成長的故事後，接下來讓我們談談陰謀論。

## 殘缺的心智

我們正經歷一場陰謀思考的疫情。[15] 幾乎有半數美國人相信五十一區陰謀論或者抱持不可知態度。有一半的人相信某些版本的九一一恐怖攻擊和約翰・甘迺迪刺殺事件的陰謀。不到三分之一的人相信關於新世界秩序和歐巴馬出生論的陰謀。三分之一的共和黨人認為關於深層國家精英的匿名者Q理論「大部分是正確的」。講到疫情，當我在為這本書進行最後修潤時，美國相信 Covid-19 陰謀論的人數激增：百分之四十的人認為死亡率被「刻意誇大」，百分之二十七的人擔心疫苗其實是用來在我們的體內植入追蹤晶片。

關於陰謀論，首先要理解、同時也是最重要的一點是，這個詞本身就不恰當。「理論」這個詞歸根究底，指的是可被證實是錯誤的故事之所以有人相信，是因為失去理性。但是陰謀論，在其無窮無盡的口味中，無關乎失去理智；而是關於導致理智失控的強大故事。因此，讓我們稱這些偏執的幻想實際上是「陰謀故事」。

研究陰謀故事的心理學家和其他社會科學家的成果非常有價值，但在他們熱衷於拆解分析陰謀主義心理時，通常都忽略了陰謀論大流行的最簡單原因：它們大多都是使人熱血沸騰的驚悚虛構故事。幾乎所有廣受好評的陰謀故事都能被拍成好萊塢大片。大部分被揭穿的陰謀只會被製作成中規中矩的PBS紀錄片，揭穿者並不需要提供一個同樣精彩的故事，只需要一則空虛的故事就夠了。揭穿者有一項任務，必須證明沒有故事。從來沒有長者會在全球猶太人的峰會記錄下全球猶太人的陰謀。五十一區也並不全是星際飛船、被解剖的外星人屍體和科學家進行的外星雷射炮逆向工程。

基於同樣的原因，陰謀故事的傳播和盛行，各種虛假信內容在社群媒體上的傳播速度大約是真實故事的六倍。[16]陰謀論小說可以完美地塑造我們的想像力，而真實的故事總是百般束縛。社群媒體是一個強大的實驗，可以透過可量化的觀看數、讚數和分享數來衡量哪種故事能在故事大戰中勝出。這樣的狀態，即虛假內容勝過沉悶的真相，深深打擊了那些相信更好的訊息最終會在思想和敘述市場中獲勝的信念。事實上，即使是不好的資訊，只要整體仍算是好故事，都勝過一則含有高品質訊息的乏味故事。

陰謀論故事是柏拉圖給出的重要警告，即一則好故事足以使我們的思想「殘缺」。[17]如同先前所說，高度傳播性的故事也具有高度說服力。「研究員不斷發現，」心理學家雷蒙・瑪爾（Raymond Mar）寫道，「讀者的態度變得更貼近故事中的想法。」[18]這不僅適用小說和電影，也適用於通常比真相更富有想像力、更有趣、更令人興奮的陰謀故事。

但也有例外。真實的登月故事遠比好萊塢片場笨拙地製作出的畫面更令人驚嘆、更具英雄氣概且鼓舞人心。但就和真正的登月故事一樣，這並沒有激發觀眾展開同樣的行動。因為登月名符其實屬於歷史——已經結束了，就在閱讀完湯姆・伍爾夫（Tom Wolfe）那本關於早期太空人的書籍《太空先鋒》（*The Right Stuff*）之後，我們會說「這太驚人了！」然後繼續過日子。登月的真實故事只激發了欽佩之情，而非實際行動。

然而，美國太空總署為了多種卑鄙的理由偽造了登月的陰謀論，向觀眾提出了更高的要求，這起陰謀論以及其他重要大事的核心都是邪惡的斷言。陰謀故事是道德恐怖故事，大多以現在式的時態撰寫。雖然登月行動或者甘迺迪事件是很久之前的事，但策劃它們的暗黑勢力仍然是堪稱神話規模的邪惡。所有陰謀故事都呼籲它們的信眾，為了最高道德之義務，必須有所作為。

英雄旅程的第一步——來自冒險的呼喚，是民俗學家約瑟夫・坎貝爾（Joseph

Campbell）對於英雄神話跨文化結構舉世聞名的描述。[19]世界混沌不堪，未來的英雄面臨著緊急任務，比如擊退惡人、迷惑巨龍，只為達成一些重要的道德使命。陰謀論也是這樣運作的。藉由說服過往那些隨波逐流的人有個隱藏的傀儡師在操作我們，陰謀故事促使將來的英雄展開冒險。那些故事要我們找出線索、揭發傀儡師，當我們傳播壞消息時，它們呼籲我們勇敢面對懷疑論者的誹謗。

為了更了解為何陰謀論故事這麼有感染力且能因應各種環境，讓我們想想最古老、最瘋狂，同時適應能力最強的陰謀：地平說。

## 鬆餅地球

地平說運動是一位名叫薩繆爾．羅伯塔姆（Samuel Birley Rowbotham）的巡迴講師、作家暨庸醫的心血結晶，他的筆名是「視差」。[20]視差聲稱，地球並不是繞著太陽以每小時十萬多公里的速度疾速運行、以每小時一千六百公里側轉的超古老撞球。事實上地球是年輕、靜止且扁平的。月球和太陽想是兩盞小聚光燈一樣在鬆餅地球上空運行。一堵巨大的冰牆像生奶油一樣環繞著周邊，防止海洋流入虛空。視差解釋道，沒有人真正確定若你真的穿過了無法逾越的冰牆，將會有什麼發現。但如果你能將抹刀插入鬆餅地球下方，然後翻轉一下，很可能會在底下找到地獄。

視差用偽科學的用語斷言地球是平的。但他也強調，不需要接受高等教育也能成為科學家。你也不需要會數學，不需要技術方面的儀器。只要有常識即可。你有感覺到地球正以每小時十萬公里的速度旋轉嗎？這個嘛，因為根本沒有這回事。

百分之二的美國成年人，即大約六百萬人，認為地球是平的。[21]這可能代表地平主義正在輸掉故事之戰。但從另一個角度來看，地平主義帶來的衝擊遠超過了它本身的重量。儘管科學已將此推翻，但這樣的想法還是持續了超過一百五十年。更麻煩的是，年輕人已經被精緻、引發爭論的 YouTube 影片、網路用語和播客給淹沒了（更不用提一小部分名人的影響），有三分之一的千禧世代表示他們不再能確定地球的形狀。對於一個如此愚蠢的想法竟佔領了市場份額，同時在數百萬年輕人的頭腦中種下對地球形狀的懷疑，這場運動無疑可說是一個巨大的勝利。

怎麼會有這麼多人接受地平主義這種在字典裡等同於愚蠢的理論呢？最懶惰的解

釋是，地平說是一種閃亮的偽知識分子的小玩意，像魚餌一樣吸引白痴。相反地，我印象中的地平運動領導人很聰明，具有許多令人欽佩的智力素質，包括創造力、強大的言辭能力和真正令人印象深刻的勇氣。事實上，研究表明，更聰明的人不一定更理性，他們尤其擅長製造陰謀幻想。[22]他們以超高智商來編寫與闡述堪比魯布·戈德堡機械的故事，這麼做需要很有想像力。視差肯定不用說，他不只是聰明，修辭技巧也非常出色，還具備了決鬥者的氣質，能在辯論過程繞著科學界的權威兜圈子。

要想了解地平說的擁護者，首先必須知道他們不是因為對於科學的好奇才贊同此觀點。扁平的地球社會不是由唱反調的科學書呆子組成的。當他們捍衛自身觀點時，並不是真的在爭論地球的形狀。誰在乎那個呢？畢竟，扁平地球人說對了一部分：嚴格說來地球並不是一顆球，至少不是完美的球體。地理學家將地球描述成一個扁球體：兩極處較扁平，腰部位置胖乎乎。

打從一開始，扁平地球人就是故事的戰士，而非科學戰士。視差並不真的在乎地球是什麼形狀。他關心的是要宣揚並捍衛他最喜歡的故事。不僅僅是則故事，這還是《聖經》中的故事。視差是位堅定的《聖經》創造論者。我們已經習慣了現代創造論者與進化生物學家爭論生命的起源和發展，但是，創世紀不僅講述了生命突如的起源，也講了天堂與地球的創造過程。視差是位地質的創造論者，他覺得上帝在一天之內創造了地球，並解釋各種經文都是在描寫平坦的地球。視差將圓球地球理論歸因於科學錯誤，而不是欺詐。但他的追隨者很快指責說，圓球地球主義實際上是一個撒旦的陰謀，目的是隱藏世界的真實形狀，以動搖對《聖經》的信仰並促進世俗的世界觀[23]。就跟現代《聖經》創造論者一樣，平坦地球創造論者所拒絕的與其說是地球科學，不如說是源於該科學的故事。他們反對這種觀念，即《聖經》只是一堆塵土飛揚的神話，生命是偶然出現的，它從原始黏液中滑出，在十億年毫無意義的謊言和殺戮間進化。

過去十年裡，平面地球主義在數位媒體的推動下獲得了大規模的復興（光是YouTube的推薦演算法就推薦地球扁平說的影片數億次）。[24]雖然有些基本教義派的地平論者仍繼續對抗撒旦的陰謀論，今日最傑出的地平主義者卻是普通的世俗陰謀論者。他們面臨同樣的動機問題：為什麼猶太人、畢得堡集團、光明會或者來自第四維度的爬蟲類霸主（通常會列舉幾個最有嫌疑的人）拚命說服我們世界是圓的？對於世界上的太空人、科學家、水手、飛行員、地圖製作者和總統，這些數百萬人之中一些必須保守秘密的人來說，要想蒙騙我們需要難如登天。這對他們有什麼好處呢？

但是就近觀察，世俗的地平論者有一則相當宏大且吸引人的故事。整體效果就跟《駭客任務》一樣，電影裡你服用紅色藥丸，發現你以為的事實其實都是虛假的，同時間邪惡的力量正控制著你這整個人。基本教義派的地平論者生活在《聖經》史詩中，世俗主義者則是生活在科幻和懸疑驚悚片交織而成的環境中。世俗主義者被要求執行刑警般的工作，拼湊線索，揭發作惡者，讓其隱藏的動機水落石出。

參加平面地球大會和參與角色扮演大會沒什麼區別，只不過，地平論者並沒有在類似 D&D 的場景中即興發揮，而是聚在一起扮演英雄調查員的角色。但是地平說的角色扮演更加引人注目，因為它不像傳統的角色扮演會只是引發眾人短暫的懷疑（因為每個人都知道那是虛構的），對於地平說角色扮演的懷疑和不信任似乎相當真實且持久。在舉行會議的飯店裡，地平論者並不若眾人所說的那樣怪異、失敗、彷若原始人般無知；他們是天才等級的探索者，在所生的時代內遠遠得不到眾人的賞識。但是某一天，他們會被公認為是發起冒險、承擔一切風險揭露史上最大宗詐欺行為的英雄。

陰謀主義背後的自尊心有助於解釋為什麼一個人生活在陰謀之地後，很難將其帶回現實。只要你身在陰謀論的故事之中，便是思想的英雄。但是，承認自己錯了，便是承認自己一直處在一則不同的故事之中。這則故事並非關於你和你朋友一同擊退怪獸。這是一齣悲喜劇，而你充其量只是打倒一座風車而已。

## 準宗教的力量（與危險）

有些心理學家將陰謀故事歸類為準宗教，只不過形式和功能與傳統宗教截然不同。[25]儘管這樣的比較既不討好有宗教信仰的人，也對陰謀論人士不太友善，但顯然是有道理的。陰謀論和傳統宗教明顯有非常相似的一面，這表明一種文化中最莊嚴和最不莊嚴的故事皆來自相同層面的故事心理學。

舉例來說，如同地平主義和匿名者Q運動這樣的陰謀故事、基督教這般的宗教都是起源於口耳相傳的講故事行為。這兩者都以信徒為主角，參與意義深遠的反邪惡十字軍東征。兩者都透過引發激動情緒而大肆傳播，這些情緒驅使追隨者以狂熱的熱情傳播好（或壞）消息。

此外，這兩者幾乎沒有任何破綻、可是證據確鑿。正如對陰謀故事的充分理解一樣，沒有證據顯示信徒不能有創意地重新解釋這些故事，讓這些故事有憑有據。至少這種防患未然的行動對宗教來說很是令人印象深刻。僅僅幾百年前，大部分的宗教信仰者都是基本教義派，將經文視為真理。接著，科學逐步地推翻了大多數聖經所述關於宇宙年齡、行星形成、太陽系運作、生命出現等等可驗證的事實。

有些信眾仍然是基本教義派，意思是他們將這些科學發現視為假新聞。但大多數人改以用比喻的方式做解釋，事實上他們這麼說：「是的，我知道科學證明經文中某些可證實的細節是假的，但宗教仍然是百分之百真實。上帝怎麼會沉迷於迂腐的文字之中呢？」事件發生時，上帝似乎不再那麼仁慈且全能。例如二〇〇四年印尼海嘯奪走幾十萬條無辜性命（大多是婦女和小孩），虔誠的信徒以陳腔濫調捍衛信念（「天神以神秘的方式行動」），或者揮舞著大錘發出警告（「你是哪位，膽敢質疑上帝的計畫？」）

一些宗教人士可能將這些視為無端的攻擊，但這正是不可能將宗教排除在這本書之外的原因，因為它展示了故事悖論最純粹的表達方式之一。也就是說，神聖的故事替世界上同時帶來了龐然的善與惡。

此外，我並不是說宗教故事和陰謀故事的信仰者會從故事中獲得壓倒性的力量。我的看法是，宗教和陰謀故事只是敘事心理學中特別生動的例子。我們用來理解世界的故事本質上是貪婪的，這些故事都設法解釋更多事情，同時它們也相當傲慢，拒絕承認自己的缺陷。當一則故事因為貪婪和傲慢而自我膨脹時，就變成了一則頂級的故事，它將會試圖解釋世界上幾乎所有的事情。這些故事，無論是世俗的還是神聖的，都被其擁護者視為神聖不可挑戰，當我們為這些故事而戰時，我們便是站在正義一邊的神聖戰士。這對於教條主義的馬克思主義者、狂熱的 MAGA 崇拜者和最原始虔誠的「覺醒者」來說都是如此，對於虔誠的基督徒和地平論者來說也是如此。

## 敗下陣的故事

到目前為止，本章重點關注那些逆勢而上的故事。現在讓我們簡單地轉向相反的故事：那些看起來應該盛行但卻沒有的故事。為什麼有些故事即便重要，我們也無法抗拒；而另一些故事，即使我們的生活依賴於它，卻仍無法觸動人心？

托比．奧德（Toby Ord）所著的《峭壁》（*The Precipice*）這本書中大概解釋了這個問題。根據奧德對概率的解讀，人類技術的指數級增長加上人類智慧的停滯意味著，到了本世紀末，我們越來越有可能成為毀滅掉自己的物種，或者至少可說文明不將可挽回地崩潰。

如果是否閱讀一本書取決於該書的重要性，那麼這本書應該會登上暢銷榜第一名。然而，在這本書上市幾個月後，當大多數書籍此時的銷量幾乎接近頂峰時，這本備受爭議的書籍卻在亞馬遜排行榜上排名第 430,258 位。

我們應該把所有注意力放在書中所涵蓋的哪些問題上呢？比方說，氣候變化、生物武器、致命瘟疫（好吧，SARS-CoV-2 使我們終於意識到這一點）、毀滅地球的小行星或火山、具有潛在破壞性的人工智慧的誕生，或是我們的整顆星球仍然被設置在瘋狂的核能世界末日系統中，正等著一觸即發的毀滅？

二〇〇七年，當美國深陷兩場對外戰爭的泥沼中，數十萬人在達爾富爾遭受種族殺害、強姦或流離失所時，全世界正在觀看一位名叫金．卡戴珊（Kim Kardashian）的名媛前任助理和業餘性愛片明星，並屏氣凝神地透過有線電視欣賞她那乏味的半真實肥皂劇。即使是從來沒看過《與卡戴珊一家同行》的人也很了解裡頭人物的生活，而大多數美國人幾乎都沒有聽說過達爾富爾，更不知道它到底位在地圖上哪個地方。

我們的DNA中有相當強烈的故事偏見。我們關注故事並非根據其道德和理性，而是和我們週六晚上選擇電影的標準相同：什麼是最好的故事？

我不覺得這是因為我們想在逃避現實的蜜糖中躲避世界的苦難和混亂。相反地，它表明我們的思維不是被設計用來處理像奧德書中所涵蓋的長期、抽象的威脅。它們的設計目的是處理狩獵採集生活中日常的吃或被吃、擰或被擰等緊急情況。

例如，在我們祖先的世界中，《與卡戴珊一家同行》這類型的社群資訊不只吸引人，且至關重要。關於性愛和衝突以及不斷變化結盟的肥皂劇素材直接影響了部落維持和諧和抵抗分裂的能力。

奧德的書被冷落的同時，什麼書一躍而上書架呢？查閱奧德的書在亞馬遜排行榜的那天，世界上排名第一的暢銷書是格倫儂．道爾（Glennon Doyle）的回憶錄與自助書。第二名是史蒂芬妮．梅爾（Stephanis Meyer）的吸血鬼系列青少年小說《暮光之城》。

這一切都引發了一種悲慘的可能性，由於我們天生講故事的心理結構，無法有效地處理所有類別的問題，這些問題要麼是無法成為經典的好故事；要麼是成為一則好故事，但喚起了錯誤的情感類型，即低活化的情感。

舉例來說，人類對全球暖化反應遲緩有個主要的理論，即氣候變化是一則非常糟糕的故事。[26]

研究人員表示，最好的故事是定義明確的英雄和惡棍打交道劇情，且需要相當戲劇化和有立即的危險才能吸引我們，而非冰川以涓涓滴滴的速度緩慢消退的地球物理過程。是的，你可以講述一則關於邪惡的石油公司主管和英勇的環保活動家的故事，但卻很難具體描述其中的主角們。他們要麼是人類龐大統計雲中的一份子，這些人（就和你我一樣）既是受害者也是加害者；或者也可說是地球物理學的抽象力量。

但是，導致我們對氣候暖化反應遲緩的「壞故事」理論，忽略了人們喜歡災難和世界末日故事這一事實：耶穌自己就是用講述世界末日故事感動他的聽眾的，還有關於外星人、殭屍或微生物瘟疫的暢銷小說最喜歡採用的末世混亂主題。

我們熱愛人類對抗想像得出的最大威脅故事，而全球暖化不僅符合這一主題，還出現在許多熱門電影中，包括《水世界》（*Waterworld*）和《瘋狂麥斯：憤怒道》（*Mad*

*Max: Fury Road*）。作為應對氣候變化的長期挑戰，一個全新的氣候變遷小說（cli-fi）類型於焉誕生，瑪格麗特・阿特伍德（Margaret Atwood）、芭芭拉・金索沃（Barbara Kingsolver）、金・斯坦利・羅賓遜（Kim Stanley Robinson）和奧克塔維亞・巴特勒（Octavia Butler）等暢銷小說家都做出了貢獻。

傳遞氣候變化訊息的問題不在於它製造了一個本質上不好的故事，而是它是一個本質上使人失去活力的故事。儘管否認者無休止地混淆視聽，多數人現在都接受了氣候科學的可怕預言，他們可以全神貫注於有關它的故事。但這個問題的規模如此之大，不同政府、行業和懷疑論者提出的障礙如此之大，以致於很難想像我們作為一個人類大家庭如何能夠團結起來解決它。

與抽象的科學相比，關於氣候變化的陰謀故事可以具有高度活躍性，因為好人和壞人被清晰地描繪出來，而且問題要小得多。我們沒有被要求解決與氣候變化相關的科學、政治和經濟挑戰的難解之結。我們需要做的就是阻止作惡者散播騙局。

## 興高采烈幫倒忙的巨大陰謀

如果故事沒有那麼糟糕，關於全球暖化或其他任何陰謀故事的傳播也不會那麼糟糕。我說的糟糕不是指美學的層面，而是在講故事市場上勝出的陰謀都是關於壞人和壞消息的故事。沒有所謂良性的陰謀。沒有一群陰暗的慈善家找到巧妙的方法以完全無可爭議的方式豐富我們，漂浮在頭頂上的化學凝結尾從來沒有散播過救命藥物或者草藥健康增強劑。陰謀者從來都不是幫倒忙的人，他們無疑是怪獸。

善意的陰謀無法與暗黑的陰謀抗衡，原因很簡單。它們不是好的故事。它們無聊到無法引起注意，因為它們不會構成急迫的道德問題，不會呼籲我們以英雄身分融入故事，或者不會要我們張嘴將此故事宣揚出去。

所有這些都與故事大戰中的一般模式有關，即較黑暗的素材通常會勝過良善的題材。反之，這種模式是由人類心理學中廣泛的「消極偏見」驅動的，正如心理學家丹尼爾・費斯勒（Daniel Fessler）和他的同事所表明的那樣，「與樂觀的事件相比，消極的事件更容易吸引注意力，更容易記在心裡……並有更大的激勵效果」。[27]

這種消極偏見反映在人類與生俱來且高度受限的故事品味中。講故事的人必須遵守這種口味，就像廚師在烹飪食物時必須符合五種基本口味。下一章將闡述這些敘述規律，這些規律可以追溯到幾千年前第一則被記錄下來，可以肯定是史前的口頭故事。這些規律推動了講故事的樂趣和美好，但同時也刮起了旋風。

第四章

# 故事的通用語法

——為什麼人們對幸福興趣缺缺？

想像小說家詹姆斯・喬伊斯（James Joyce）透過窗戶玻璃凝視巴黎的夜晚。[1] 他在抽菸、在吸食治病用的古柯鹼。他正在調整玻璃可樂瓶，瞇著眼睛看著他的大筆記本頁面，同時用藍色蠟筆塗寫出《芬尼根的守靈夜》（*Finnegans Wake*）[2]。他因為自己的笑話笑得合不攏嘴，那些歡快的文字遊戲，下流的旁白——以致於他長期受病魔侵襲的妻子諾拉得在床上對他大喊大叫，叫他閉嘴才可以好好睡一覺。

創作《芬尼根的守靈夜》是一種令人嘆為觀止的狂妄文學之舉。就像傑克遜・波拉克（Jackson Pollack）在畫布上揮灑顏料一樣，喬伊斯想打破他藝術形式的傳統語法。由於對英語的侷限性感到沮喪，他發明了自己的語言，將來自不同語言的單詞和單詞片段混合成一種新的方言。喬伊斯厭倦了「枯燥的語法和為別人而創作的情節」，因而摒棄了大多情節。[3] 當他這樣做的同時，也抹殺了所謂人物性格的概念。喬伊斯筆下的人物扭曲變形，改變了姓名、人格特質、生理特徵。他讓講故事的衝動這項和人類一樣古老的行為脫胎換骨。

我相當敬畏這本書，即使在我更年輕、更勇敢時所做的多次嘗試中，也從未讀過那麼多。要了解原因，只需閱讀《芬尼根的守靈夜》，然後想像能夠召喚足夠多的受虐狂來閱讀這七百頁的內容：

奔流，流淌過夏娃和亞當之地，從沿岸轉向到海灣，將我們帶回了霍斯城堡和周邊領地。

崔斯坦爵士，柔音提琴之手，跨越裂波碎浪，從北阿莫里卡回到小歐洲崎嶇的地峽這一端，發動他的半島戰爭：奧科尼溪流的頂鋸岩沒有向勞倫斯郡的斑斕華麗和都柏林的居民們誇耀自身；也沒有在火中咆哮。還沒有，但不久之後小孩們將出動攻擊沒精打采的老艾薩克；還沒有，長得一模一樣的兩姐妹凡尼莎和艾斯特還未曾對那森與喬這對孿生兄弟動怒；厄姆或碩恩偷了老爸的麥芽，在方舟內的燈光下掛著汗珠，釀造出醇美的酒。

墜落（啪啪啪噠嘎拉噠你哪隆倥呢隆阿斯卡突突呼－呼咚特哪！）的老父親昔日歷經華爾街股災，從今往後都成了基督教吟遊詩人口中的故事。

幾乎全盲、無牙、沉迷於金錢和名聲的喬伊斯花了十七年撰寫《芬尼根的守靈夜》，並吹噓它會讓文學評論家多忙三百年。[4]在這一點上，他可能成功了。這本書現在被譽為實驗藝術的封頂紀念碑和最偉大的小說之一。根據耶魯評論家哈羅德．布魯姆（Harold Bloom）的說法，《芬尼根的守靈夜》是一部現代文學作品，其天才之處可與但丁和莎士比亞的傑作相媲美。[5]

但有一個關於《芬尼根的守靈夜》的悖論：它雖然被稱為人類有史以來最偉大的小說之一，但也是一部極其困難和怪異的小說（一位評論家甚至將其稱為「語言雞姦」）[6]幾乎沒有人有辦法讀完它。儘管我是一名文學博士，但除了我曾經認識的一位喬伊斯學者之外，我從未見過任何一位同事聲稱已經讀完了整本書或非常想嘗試一下。

《芬尼根的守靈夜》未能吸引真正的讀者，喬伊斯似乎真的非常失望。[7]這也反映了講故事藝術的一個基本真理：它的可能性範圍非常狹窄。這不是一項可以無休止地重新調整、重新設計的東西。

我們可以將故事傳輸想像成一種特別脆弱的大腦狀態，它受到一把鎖的保護，該鎖只能用特定的組合打開。自人類降生以來，解開鎖的方法就藉由說故事者代代相傳。回溯到最早的口頭民間故事形式，到舞台劇、印刷歷史和現代 YouTube 短片不斷發展，**成**

**功述說故事的基礎根本沒有改變。**

語言學家諾姆．喬姆斯基（Noam Chomsky）推論，地球上使用的數千種語言都共享著一個通用語法。然而不同語言之間巨大的表面差異，掩蓋了人類大腦通用設計中所擁有的共同性。[8]

喬姆斯基提出的通用語法一直存在爭議，專家們有人支持（現在越來越多），有人反對，但是關於講故事的自然語法爭議應該相對少得多。語言的語法非常難，遇到外語時，我們必須付出極大的努力才能得到最低限度的理解，更不用說是精通了。相比之下，故事的語法就容易多了。一旦翻譯了故事，一旦解釋了任何不熟悉的文化問題，來自外國的故事幾乎總是可以毫不費力地被理解和享受。[9]

正是這種故事的自然語法轉動了我們的精神之鎖，帶給我們故事的樂趣。當講故事的人違背這種普遍的語法時，等同於在製造噪音，即使有時他們說的故事仍然有意義，但通常都是在創作前衛的文字藝術，就像《芬尼根的守靈夜》，而不是在說故事。如果你喜歡的話，前衛的文字藝術很好；但是，如果你想吸引熱切的讀者並將他們吸引到故事的恍惚狀態中，前衛藝術對此並沒有任何幫助。

我認為，講故事的通用語法至少有兩個主要組成部分。首先，世界各地的故事都是關於試圖解決困境的人物。故事總是關於麻煩，很少故事撰寫人們的美好時光。即使是喜劇，儘管結局往往很歡樂，但通常也都是關於人們糟糕的生活——時常是他們一生中最糟糕的日子。其次，儘管聽起來很老套，但故事往往具有深刻的道德層面。儘管老練的小說家、歷史學家或電影製作人可能會否認自己曾經沉迷於表達「故事的道德」之類的東西，但他們從未停止過說教。「詩人，」尼采說，「一直都是某種道德的僕人。」[10]

規矩是這樣的：如果你搜刮你的大腦，你或許能夠指出某些例外，但它們將是能夠證明這項規則的例外——由像《芬尼根的守靈夜》這樣的實驗性作品主導的例外。另一方面，也許對你來說故事就是這樣，但學術文學理論家大多會否認這一點。[11]而且，如果你仔細想想，故事其實不應該是這樣。我們許多人可能期望找到講故事的傳統，在這種傳統中，故事主要作為逃生艙進入享樂主義的天堂，那裡的快樂是無窮無盡的，道德從未受侵犯。然而我們從來沒有這樣想過。

## 快樂結局的痛苦

從來沒有？嗯，這取決於你對「故事」這個詞的定義有多嚴格。想想色情片，它是世界上最主要的講故事形式之一。[12]電影和VCR時代的色情片主要以長片形式展開，並盲目地模仿（或惡搞）電影手法和故事場景。現在，大多數色情片都是經過快速且骯髒的剪輯。但即使是這些剪輯通常也有一個最小的故事基礎。剪輯首先建立了一個幻想場景：你的繼兄弟姊妹很有吸引力，且這不是真正的亂倫；沮喪的妻子為一個真正的男人感到痛苦。色情故事可能很低級，但卻也不可或缺。

但色情片仍然是一種流行的故事娛樂形式，它將消費者置於純粹願望實現的想像場景中。除了一種被忽視的意義以外，其他形式的講故事與色情片不同，側重於衝突和鬥爭。一旦達到高潮，色情片和主流的故事都將迅速失色。在色情故事中，和其他所有類型的故事一樣，一旦緊張情緒獲得釋放，沒有人願意持續徘徊在情節中。

每個人都喜歡幸福結局揭示出一個龐大而令人困惑的悖論。從字面上來看，這表明了人們喜歡故事中洋溢幸福，但僅限於結尾部分。二〇一八年的大片《噤界》（*A Quiet*

*Place*）將觀眾帶入了一個地獄般的噩夢，電影中的世界因為某種虛構食肉蟲的入侵而人口稀少。蟲子們獵殺了一個年輕的家庭，將他們一個個地吞噬，直到倖存的母親和女兒突然發現了怪物的致命弱點。這部電影的大團圓結局從噩夢般的酷刑跳轉到無畏的狂喜，中間的時間正好與女性交換一個眼神的瞬間一樣短暫。她們眼中閃爍著對生命的希望和復仇的欲望。

這是一個合乎潮流、完美的幸福結局，它在故事結尾依觀眾們的期望帶來了的所有美好感受，同時讓我們免於在這個充滿希望的新世界中，在無可避免的單調乏味中多徘徊了一秒鐘。

《噤界》說明了人類的詭異渴望，為了這些現實生活中我們極力避免的恐怖故事必須付出的代價；但也說明了故事中更可靠的模式。長篇小說、電影和電視劇在最後幾頁或幾分鐘內解決了核心問題，通常很快結束就畫下句點。例如，電視劇的主要公式是每一章都有問題和衝突，到了最後，片尾彩蛋快速且果斷地揭開結局。如同情境喜劇中，無論鬥爭和勝利多麼微小且愚蠢，仍然相當致命。就和犯罪情節一樣，到了下一集，英雄又將被捲入最後一刻才達到高潮的鬥爭中。

在對十一萬兩千則虛構情節的摘要進行統計分析後，數據科學家大衛．羅賓遜（David Robinson）得出以下精闢結論：「如果我們必須總結出人類講述的平均故事結構，結果會是這樣，**事態每況愈下，直到最後一分鐘才好轉**。」[13]甚至新聞節目也盡可能地符合這條公式，他們大篇幅關注現實世界的問題，然後在最後帶來一段「無意義」的結尾——讓我們充滿希望。

這不是現代才有的公式。畢竟，「從此幸福快樂」這句話本就取自傳統民間故事和童話。「從此幸福快樂」是民間故事講述者如何在單調沉悶的幸福中快速前進的方式，使他們能夠繼續講述下一個食人女巫、狂暴巨人和邪惡繼母的故事。

為什麼人們對幸福興趣缺缺？為什麼它讓我們如此厭煩？為什麼一旦壞人被擊敗，我們便不想繼續待在安全、真情且屬於孩童的快樂情節中？

不論答案為何，敘事心理學都顯示我們有受虐傾向。[14]講故事的人必須停留在不好的地方才能讓我們感覺良好，一旦故事中的世界情況好轉，我們就會想盡快退出。我們想去哪裡？有時我們想回到現實，但通常是翻頁到下一個故事，或者點擊我們清單中的下一個節目，然後潛入一個全新的鬥爭世界。

## 故事不壞，人們不愛

回到莎士比亞的作品，我們已經理解了講故事的社會目的是要「反映本性」，[15]一個恰當的故事清晰而忠實地反映了我們自己和這個時代的真相。但是，如果故事這面鏡子實際上是面哈哈鏡怎麼辦？或者可能更糟，如果無論說故事者的政治、性別、種族、歷史境遇和偏好的風格如何，都被鏡子扭曲了怎麼辦？如果鏡子反常地模糊了世界上大部分美麗和諧的東西，同時間凸顯了瑕疵和暗瘡怎麼辦？最後，多虧了故事心理學揭示人們與生俱來容易上當的特性，如果我們深深相信扭曲的形象怎麼辦呢？

以我們可以想像到的最極端的消極情緒為例：死亡。心理學家奧利維爾．莫林（Olivier Morin）和奧列格．索布丘克（Oleg Sobchuk）最近的一項研究得出結論，如果你不幸成為二十世紀七百四十四部美國小說中的不同角色，那麼你死亡的機率（通常是突然且可怕的死亡）會比真實人類高一個數量級。[16]但故事對於問題和動亂所抱持的偏見遠遠超出了小說的範圍，以表徵各種不同風格的說故事行為，包括從一般八卦到陰謀故事、從新聞到政治競選、從聚會上來回相傳的陳腔濫調到小孩子的假想言詞。

例如，在歷史的說故事行為中，就和其他所有類型中一樣，關於衝突、混亂、痛苦、壓迫和死亡的故事總是比和平安詳的故事更能吸引作者和讀者。對於學術出版社發行的繁瑣學術史來說確實如此，而對於在書籍和紀錄片中汲取歷史的一般大眾來說，情況就更加極端了。若你懷疑這點，可以到當地書地瀏覽一下書架，你會發現歷史主題的架子就和小說區的架子一樣混亂且滿是衝突。事實上，作家不太可能在激烈的書架競爭中獲勝，除非他們有良好的商業意識來撰寫關於衝突和鬥爭的劇情。

整體來說，歷史並不是生活的真實畫面，而是生活被一個螢幕過濾掉大部分美好時光的畫面，有利於更戲劇性的戰爭、飢荒、死亡和瘟疫。歷史學家的消極焦點體現在喬治·桑塔亞納（George Santayana）的著名口號中：「那些不記得過去的人注定要重蹈覆轍。」[17]

根據桑塔亞納的說法，過去是什麼？是一則關於壞人和壞消息的故事，注定要重演。但過去並不是這個樣子，並非全是大屠殺和焚燒女巫，也不像我們相信的那樣骯髒、野蠻和短暫。歷史的消極影響了我們對過去的看法，因為歷史不僅關乎最壞的時期，也是最好的時期，藉此我們可以吸取教訓，有助調整對當前的問題和機遇的反應。

記者們用來反映世界的鏡子也以同樣的方式被扭曲了。沃爾特．克朗凱特（Walter Cronkite）過去常常用「就是這樣」來結束他的夜間新聞廣播。但是，不，不是這樣。克朗凱特宣稱給了我們一個清晰的世界畫面，但實際上他呈現的是一齣真人秀，當天最麻煩的新聞都被編輯成了對現實全面的誤解。

歷史學家羅勃．穆尚布萊（Robert Muchembled）談到十五世紀歐洲報業的起源時所說的話，與今天的新聞業一樣：「以血肉販售墨水和紙張。」[18] 從最早印刷機製成的新聞小冊子開始，新聞就一直在暗示世界是垃圾，而且逐漸演變成一座垃圾山。[19] 但在兩本意義重大的書中，史迪芬．平克（Steven Pinker）引用了大量數據來支持一個許多人都難以置信的想法：現在的世界比以往任何時候都更好，而且不斷變得更好，幾乎所有方面都可以經過測量獲得驗證。[20] 人際衝突和戰爭所衍生的暴力破壞性已經大大減少。種族主義的負擔大幅減輕，性別歧視也少了。霸凌行為已經減少，虐待兒童和動物的行為也減少了。污染下降了。人權抬頭了。醫療保健比以往任何時候都好。即使是窮人也比昨天好得多，吃得也好得多。幾乎一切都在變好，很少有事情變得更糟。（儘管有些事情確實變糟了，比如政治的兩極化。）[21]

這並不代表我們生活在烏托邦中，或者我們不應該擔心我們的問題。此外，這並不意味著我們是安全的：一顆小行星可能會摧毀我們，或者我們可能會用我們的排放氣體慢慢地煮熟自己，或者用核武器快速炸毀自己，或者讓自己徹底被故事逼瘋。事實上，隨著技術變得越來越強大和民主化，我們面臨著過去從未面臨過的生存風險。[22]但平克的數據確實顯示，我們對世界「急速惡化」的單純直覺是錯誤的。大多數人看不清這一點，因為新聞業以過濾器過濾現實，捕捉和丟棄好消息，同時放大了壞消息。

我不是第一個，也不是第一百萬個注意到這一點的人。媒體學者貝特西・葛拉德（Betsi Grabe）發現：「引人注目的消極是長久以來的新聞選擇原則——隨著時間的推移，跨越文化，不顧該死的批評。」[23]正如平克所說，即使關於世界的客觀事實已經顯著改善，那為什麼新聞仍將世界描述成「眼淚之谷、一則悲傷的故事、一灘絕望的泥沼」？[24]

對此記者們有點內疚，但他們握有一個答案。他們說，新聞的工作不是講述關於世界的快樂故事。那都是裝的。新聞的工作是發現問題。畢竟，如果我們不知道世界出了什麼問題，便無法修復這個世界。

這是一則好故事，因為它具有一定的合理性。但是，正如他們所說，新聞業所講述的英雄故事只是基於一個真實的故事。新聞業是一個講故事的公會，與所有其他講故事的公會一樣，它無助地被困在講故事的普遍語法中，沒有逃脫的希望。新聞業的歷史表明，事實上，新聞本身幾乎沒有市場，從來沒有。只有戲劇有市場。而且，從一開始，新聞業就只是戲劇業的一個分支，其中普遍語法的元素，從情節、人物、主題到隱含的道德教訓，都必須從現實生活中拼湊出來。

好的戲劇不代表真實，這正是「新聞價值」的主要標準。好消息等同於壞戲劇。雖然我們喜歡美好的結局，但如果故事一路順風順水，通常就不是「好」的故事。一個記者可能會對一個客觀意義上重要的故事進行出色的報導和出色的寫作，但如果這個故事沒有點出衝突，我們就不會覺得它是好的。說到故事，幾乎沒有什麼是好的，除非情節足夠負面。

正如柏拉圖自己所說：「對於一個想寫出優美的史詩或戲劇的人來說，美德不一定是最好的題材；詩人對於藝術的要求必須凌駕於對於道德的要求之上。」[25]對於新聞來說也是如此。獨立記者要想保住飯碗，報導快樂的故事可不是最高招的策略，更不用說贏得普立茲獎了。對於整個新聞機構來說，優先考慮好消息是一件壞事，道理就和HBO或網飛少了滿是衝突和動盪的戲劇一樣。

新聞的極端負面性對世界造成了嚴重後果。在小說中，事情通常會變得越來越糟，直到最後一刻突然好轉。虛構的故事往往以快樂的結尾，於是心理學家發現，與重度新聞收看者相比，重度小說閱讀者更相信他們生活在一個「美好的世界」而不是「卑鄙的世界」。[26]他們更有可能將世界視為一個良善之地，事情最終都會變好。也許這代表小說把人變成了傻瓜。但同樣合理的是，也把他們變成了更好的人，相信好人有能力克服萬難改善世界。

相反地，新聞故事通常以卑鄙作為開場和結束。記者無法編造出幸福的結局，他們無法提供這樣的慰藉：無論事情看起來多麼糟糕，好人最終都會取得勝利。如果說小說的美好結局大多能引發樂觀情緒，那麼新聞故事就會導致悲觀情緒、偏執、絕望和情緒失控。

這裡的重點是不要攻擊新聞。作為實際上的第四權（指新聞界及其政治影響），新聞業發揮著絕對必要的、經常是英雄主義的社會功能。但就像其他所有類型的故事講述一樣，新聞業既能載舟、也能覆舟。新聞應該要校正我們的理性行為，但卻在關鍵方面校準錯誤。新聞觀看者會得到一條全面訊息，即世界是一個無法解決的混亂局面，你該做的是把你的孩子關起來，帶上你的槍，從城市逃到郊區，從郊區逃到生存主義者的院落。[27]如此一來，就得推選一個強壯有力的男人保護我們。

故事的通用語法使我們能夠看到世界持續暴增的問題，然後點名、羞辱和懲罰始作俑者。消極偏見的後果可能很糟，但這種道德偏見的後果更為不堪設想。

## 公主和老虎的永恆戰爭

兩個小女孩已經玩膩了公主遊戲，改成一個坐在鞦韆上，一個在後頭推，她們仍然穿著鑲有滾邊的公主裙和戴著閃閃發光的頭飾。

金髮女孩跳下鞦韆，赤腳踩在草地上。「來假裝，」她轉向朋友說，「我們的父母已經死了——被邪惡的老虎咬死了。」

就這麼一瞬間，平淡無奇的郊區、有籬笆和柔軟草地的後院，變成了充滿威脅的森林。女孩們蹲得很低，隔著籬笆瞇起雙眼。她們看到侵略性的眼珠子在灌木叢中閃閃發光，看到虎紋飄忽，接著便轉身跑了。

我從後門廊著迷地看著她們。金髮女孩是我的小女兒安娜貝爾，那年她六歲。那天下午，她本來可以在獨角獸、炸薯條和幻想中度過。相反地，在對普遍語法的無意識服從中，她想像自己進入她六歲的頭腦所能想像出最強烈的恐怖場景。老虎吞噬了這兩個女孩慈愛的父母，現在她們絕望地迷失在森林裡了，沒有大人的保護，後頭還有飢腸轆轆的老虎追趕。在這樣的幻想中，所有的生命都縮小到剩下戰鬥或逃跑反應。公主們掙扎著。她們想出了巧妙的躲藏和尋找食物的方法。如果她們的意志動搖，哪怕只是片刻，也會被老虎吃掉。

但吸引我注意的不僅是安娜貝爾想像中的恐怖情景，還有其早期的道德結構。她稱她的虛構場景是「迷失的森林兒童」。但在我後來記下的筆記中，我把它稱為「公主和老虎的永恆戰爭」，因為它讓我們明白，大部分故事都是公主和老虎之間的戰鬥，也是好人和壞人之間的戰鬥。就像安娜貝爾的遊戲場景一樣，那個夏天她和不同的朋友一次又一次地重複該場景，戰爭永遠不會結束。好人和壞人之間的戰爭必須在人類的故事中一次又一次地進行，直到時間的盡頭。

安娜貝爾的故事不僅僅是關於生存。原始且未曾被宣之於口的價值觀激發了這個故事：家庭的愛，人們合作的需要，以及人類在社區中尋求庇護的必要性。要使這一切發生，必須打敗代表貪婪和野蠻的老虎。對我的女兒來說，她還很年輕，很難想像老虎會像她咀嚼葡萄一樣惡意地吃掉她的父母。在她的想像中，老虎是典型的壞人。牠們是怪物，牠們捕食人類不是出於道德上和生理上的需要，而是因為牠們「壞透了」。

這齣戲的核心是小女孩們之間的紐帶，她們一起面對怪物，在不可能的情況下倖存，這一切都是因為她們都是好人。她們從不背棄對方，總是大聲警告，把樹葉塞進對方被抓撓的傷口中，當對方因長裙絆倒時誰也不逃跑自保，而是冒著一切危險拯救對方，有時她們將棍子當作長劍或長矛一樣揮舞投擲以驅趕老虎。

在我觀看的過程中，我被這種古老而本能、反映出人類最深切希望和最深層恐懼的美麗所感動：透過彼此相愛並為彼此犧牲，我們可能有辦法生存在一起，而不是孤獨地凋亡。

但在這則故事中也存在著一種黑暗的力量——大多數故事皆如此。滋生愛意的同時，恨意伴隨而來。社區是人們所建立，但敵人需要辨識。同理心是創造出來的，那些沒有同理心的人則冷酷無情。這表明故事本身就像公主，將我們編織成更強大的群體；但它們也會像老虎一樣，撕裂人們彼此之間的縫線。

故事的波動性，以及它們對社會生活的混亂影響，可被歸納為三個相互關聯的事實：人們需要故事；故事需要問題；問題需要始作俑者。*

## 天外救星

故事就像現實生活一樣，充滿了好運——荒謬的巧合和不太可能發生的概率。但這就是運氣在故事中與在現實生活中的區別。在現實生活中，運氣不只是促成事件發生；也決定結果。非常好或非常壞的運氣在開始、中間和結束時滲入了我們的生活故事。但是一則故事，要令人滿意，通常必須掌控運氣在結局中所起的作用。作為一般規則，運

* 好吧，通常也有可能這樣。故事有時會在沒有任何反派的情況下順利進行，這是我將在本書後面討論的一個充滿希望的觀點。

氣在故事的設置中扮演著非常重要的角色，而在下定決心的過程中則無足輕重。

舉個例子，哈利波特不會成為打敗佛地魔的那個人，因為後者自己踩到香蕉皮滑倒並摔斷了頭。誠然，哈利的朋友們經常在緊要關頭衝進來救他。儘管這個結果可能是偶然的，但哈利和他的朋友們為彼此冒著生命危險的事實遠遠不足以說明這個隨機的結果，而僅解釋了故事世界中好人的忠誠和自我犧牲的價值觀。

**Deus ex machina** 在拉丁語中意為「天外救星」。在古代戲劇中，裝扮成神的角色有時會以某個「機關」（通常是某種起重機）降到舞台上，然後上帝會在舞台周圍行走，將事情導向正軌——貶低惡人，提升賢者。在那之後，這個古老的術語已經延伸運用到了各種懶惰、笨拙的說故事行為，其中幸福的結局是以極不可能發生的事情設計而成。

事實上，哈利因香蕉皮而獲勝，比從天而降的傳統天外救星更引人憤恨。至少天外救星會發送一個非常有意義的宇宙訊息，也就是這個宇宙是由智慧和仁慈的神靈統治。在相對罕見的情況下，當運氣在故事的結尾起到真正決定性的作用時，講述者要麼表現得十分笨拙，要麼試圖傳達一種非常特殊的意義：一切皆空。

運氣在故事人物中所扮演的這種精心控制的角色使大多數小說成為現實。正如小說家和創意寫作老師史蒂文・詹姆斯（Steven James）在給有抱負的作家的建議中所說的那樣：「巧合對於一個故事的開始來說是必要的，但到最後往往是致命的。然而，太多作者都退步了：他們努力讓讀者相信開頭的合理性，然後在高潮，也就是讀者的巧合容忍度降到最低時投機取巧。」[28]

這個邏輯適用於任何類型中令人滿意的故事。僅舉一個例子，在《快思慢想》（*Thinking Fast and Slow*）中，心理學家丹尼爾・康納曼（Daniel Kahneman）描述了運氣的作用如何完全被忽略為講述商業故事的決定性因素：「關於企業如何興衰的故事引起了人們的共鳴。讀者透過人類思維所需要的東西：一則簡單的勝利或失敗訊息，它定義了明確的原因並忽略了運氣的決定性力量。」[29]

故事是以一種結構化訊息的方式產生和傳達意義，無論是事實的還是虛構的或介於兩者之間的訊息。但是故事試圖傳遞什麼樣的意義呢？當然，答案似乎與世界上講故事的人的個性和痴迷一樣千差萬別。但仔細觀察，你會發現《馬克白》（*Macbeth*）到《馬蓋先》（*MacGyver*）的故事都一樣引人著迷，尤其是關乎對與錯、好與壞的問題。

偉大的科幻作家寇特・馮內果（Kurt Vonnegut）認為，故事有幾個標準的形式，其中之一被稱為「洞裡的人」。[30]但基於某種意義，幾乎所有的故事都是關於人們陷入某種或另一種困境並不得不努力擺脫的故事。而且我要補充一點，主角並不經常獨自一人，他們正和人類黑暗的代表並肩前行。這可能是社會風俗小說中普遍的沾沾自喜或自私行為，或者是《星際大戰》中的黑暗力量、或者是威爾・法瑞爾（Will Ferrell）喜劇中荒謬的反派。此外，黑暗的代表可能是反派，也可能是主角努力戰勝的內心黑暗面（如同反英雄故事）。[31]

如果要說故事大部分的主題，那並不是暴力、性、生存、權力或愛，而是對正義的抽象描繪。人們對結構單調的道德侵犯和追求正義的故事有著無法滿足的胃口。情節令人緊張且痛心的故事逐漸發展，最終問題得以解決，而這一切都是源於我們對因果報應的渴望：角色會得到他們應得的嗎？好人有好報嗎？壞人會得到報應嗎？

因果報應觀並非西方文化獨有的特殊慣例。正如文學學者威廉・弗萊施（William Flesch）在他的著作《報應》（*Comeuppance*）所說，這是講故事行為跨文化和跨歷史可預測的特徵。人類學家曼維爾・辛格（Manvir Singh）也寫道：「即便是悲劇性的故事如《羅密歐與茱麗葉》，也並沒有以命運多舛的愛情鳥的死亡而告終，而是以他們的家人結束多年宿怨而畫下句點。」[32]同樣地，詹姆斯．卡麥隆（James Cameron）的《鐵達尼號》似乎是以最悲慘的方式結束：英雄死亡、女英雄深受創傷、惡棍欺負別人好搭上救生艇。但我們知道蘿絲繼續過著充滿愛和冒險的人生，惡棍以自殺結束了所謂的「從今往後」，而整部電影的結尾是主角們在宛如天堂般的情境中團聚。

當然了，就像所有關於講故事這樣龐大而結構鬆散的話題的理論或概要一樣，有些注意事項得遵守。首先，我所說的並非絕對。我並不是說你永遠找不到打破這些模式的故事的例子，畢竟許多藝術家都在追求原創性，他們試圖識別既有的模版以便粉碎它們。我的意思是說，違反這些模式的故事，就像是逆流而上的浪花，而且冒著陳述顯而易見的事實的風險。當講故事的人選擇逆著因果報應的潮流游泳時，他們往往會激起讀者和觀眾的憤怒。「在許多實驗中，」心理學家道夫．齊爾曼（Dolf Zillmann）寫道，「人們發現，當喜歡的角色表現良好並取得成功時，人們會感到快樂。當不喜歡的角色表現不佳並取得成功時，人們會感到沮喪和焦慮。」[33]

此外，我必須指出這種道德結構給了觀眾如此深刻的情感滿足，以致於它很少會出現在最流行的、也是最有影響力的故事中。研究發現，電視節目中的因果報應程度越高，它在尼爾森收視率中的表現就越好，這一點已得到驗證。[147]人們所說的最宏大和最有影響力的故事，也就是我們的宗教神話，同樣支持此論點。世界上最成功的信仰是基督教、伊斯蘭教、印度教和佛教，它們共同壟斷了世界信仰市場的百分之七十六，將它們的追隨者嵌入到完美的因果報應心理模式內。在這樣的故事之地中，沒有人能逍遙法外。惡行必受懲罰，美德必有回報，無論是今生還是來世。

## 圖解珍・奧斯汀

每當我陳述這樣的觀點，人們總會堅決反對，尤其是電影和文學愛好者。這些人迫切渴望相信故事這項工藝太過微妙或者叛逆，無法受美學規範。讓我告訴你們，我和一些合作者是如何開始發展一種起初看起來過於簡單的思維方式。

二〇〇〇年代中期，我與同事約瑟夫・卡洛爾（Joseph Carroll）、約翰・約翰遜（John Johnson）和丹・克魯格（Dan Kruger）一起著手對珍・奧斯汀（Jane Austen）、喬治・艾略特（George Elliot）和查爾斯・狄更斯（Charles Dickens）等作家的經典維多利亞小說進行大規模研究。我們將問卷分發給數百名知識淵博的人，包含教授、參加維多利亞文學課程的研究生，以及在該領域發表過文章或書籍的作者。受訪者對小說中人物特性的評價是，這些虛構角色幾乎可說是真實的人物。我們將結果寫在我們的著作《圖解珍．奧斯汀：文學意義的進化基礎》（*Graphing Jane Austen: The Evolutionary Basis of Literary Meaning*）中。主要的發現是我們稱之為「爭議結構」的東西，我們認為它是講故事的基本結構元素，就像屋頂是房屋的基礎一樣。對於這些小說的多樣性，對於橫跨一個世紀的多位作者在個性、性別和背景方面的所有差異，他們在人物塑造方面做出了驚人的相似選擇。總的來說，維多利亞時代的小說反映了一個兩極分化的虛構世界：好人（主角及其盟友）和壞人（對手及其盟友）陷入衝突，主角積極尋求合作並為共同利益而努力，同時間敵人則試圖為自私的目的而行動。

出版《圖解珍．奧斯汀》時，許多讀者都驚呆了。原因不僅僅是因為結果本身，而是因為一個博士組成的研究團隊竟然敢發表如此顯而易見的發現。畢竟，維多利亞時代的小說以拘謹著稱。但我們對結果感到非常興奮，因為它們確實描繪了一些異常的東西。然而我們都對這種異常不敏感，以致於它被隱藏在了眾人的目光之下。

從一個角度來看，儘管有例外，但很明顯大多數故事都描繪了「好與壞」的情節，從童謠到令人垂涎的八卦、從古老的民間故事到聖經、從低俗的真人秀節目到屢獲殊榮的紀錄片皆是如此。問題是，為什麼？

《圖解珍・奧斯汀》團隊受到人類學家克里斯多夫・保漢（Christopher Boehm）的啟發，他在二〇〇〇年代初期證明了狩獵採集者的生活並非大多數人都是自掃門前雪型的達爾文主義，而是更溫和的社區主義和平等主義倫理。[35]

狩獵採集生活的黃金法則非常簡單：盡一切努力讓群體團結起來；什麼都不做將使之解散。不要散播分歧，不要貪求額外的份額（食物、性伴侶、注意力）。如果你碰巧有肌肉，不要炫耀。如果你恰好是一個厲害的獵人或一個耀眼的美女，不要四處顯擺。換句話說，就是當個好人。

當然，如果人類有群體相處的本能，自然也會有脫穎而出的本能。我們指出，不僅在維多利亞時代的小說中，一般故事中的競爭結構也反映了狩獵採集生活的古老道德。生活在群體是人類的必須，意味著要不斷地平衡我們的自私衝動和群體需求。故事的主人公恰當地平衡了個人的自身利益和群體的需求。一般來說，當兩者發生衝突時，主角會為了共同利益而犧牲自己的利益。如此即不是反派。在狩獵採集者中，壞人的定義就是團隊中將自己的利益置於群體利益之上的成員。

借鑑部分《圖解珍・奧斯汀》中的論點，通訊學者詹斯・克耶加爾・克里斯蒂安森（Jens Kjeldgaard-Christiansen）為創造強大的反派開發了一套指導手冊：「演化心理學提供了一些創造性的寫作建議：他們自私、剝削他人且施加虐待。他們違背了親社會精神。」他也提供了創意寫作的建議：「反派是超級個人主義的惡霸。他們會威脅社會秩序，引起主人公義憤，迫使他們和同齡人團結起來給予反擊，最終肯定他們的親社會價值觀。」[36]

克耶加爾・克里斯蒂安森描述的是原型反派，自人類起源以來一直以不同形式替故事帶來麻煩的人。惡棍的內心深處都一樣：他是想要拆散我們的人；她是工作中最自私的人；比賽中的自幹王；偷你停車位的混蛋；躲在灌木叢中的兇手。自私的混蛋會顛覆將社區團結在一起的平等主義精神。

那誰是英雄？英雄一詞喚起了與身體肌肉和勇氣的淵遠聯繫。但具備更高的可預測性，主角體現了道德美德，而非身體方面的優勢。主角很少是聖人，這不僅僅是因為聖人很無聊，而是一個有趣的主角一定要有進步的空間。創意寫作老師有時稱故事的主角為「變革型人物」。敵人則通常不會進步，但大部分的主角都會。在大多數情況下，這種轉變是合乎道德的。主角從索取者變成給予者，從盲目到雙目清晰，從困惑到理解。

因此，在每一個時代和每一種文化中，講故事的目的都是使公主與老虎之間永恆的戰爭戲劇化。主角們努力將家庭、朋友和社區聯繫在一起，對抗者試圖找到那些接縫並將它們撕開。故事以競賽的形式展開：誰能更好更快地完成他們的工作，公主還是老虎？織布匠還是切肉工？

在大多數的故事中，主角都在努力奮鬥且最終獲勝。但人類這個動物中最好和最壞的天使之間的更大戰爭最終是無法取勝的。因此，原型英雄和惡棍必須一次又一次地復活以進行戰鬥，直到時間結束。

## 故事組成部落

在《圖解珍．奧斯汀》中，我們爭論說故事就像人類其他藝術創作的形式一樣，深深根植於部落和個人的福祉之中。故事是人類社區內有關合作和凝聚力問題的關鍵解決方案。我們在故事中看到的道德主義不僅反映了我們不斷進步的道德觀——也深深地強化了它。

我和我的同事們並不是唯一持有這些觀點的人。[37]靈長類動物學家羅賓・鄧巴（Robin Dunbar）在其著作《梳理、八卦和語言的進化》（*Grooming, Gossip, and the Evolution of Language*）中指出，人類語言最初進化的目的是為了講故事，也就是關於誰有照著部落規則玩、誰沒有照做的八卦故事。鄧巴和其他科學家強調，雖然八卦的名聲不好，但可以藉此監管道德違規行為來幫助社區運作。如果鄧巴是對的，這將大大有助於解釋人類對道德故事的持續、且無可治癒的沉迷，這些道德故事就像我們從人類第一次學會說話以來一直在分享的八卦故事。

此後，鄧巴研究了故事將群體與生物化學結合在一起的能力。例如，他已經證明，當我們觀看一部激動人心的戲劇電影時，我們的神經系統會釋放被稱為內啡肽的內源性阿片類物質，這與已知的支持人類和其他靈長類動物結合的神經生物學機制相同。在觀看一部情緒激動的戲劇之後，觀眾的內啡肽水平會提高，且與周圍的人有更強的聯繫感和歸屬感。[38]

鄧巴認為，講故事就像唱歌和跳舞等其他藝術形式一樣，將我們聚集在一起，觸發大腦中類似的化學物質釋放，增強群體團結感。如今，我們主要是單獨或與直系親屬一起閱讀故事。

但是請記住，直到大約六百年前印刷機器發明出來之前，大多數正式的故事講述都是口頭的，通常是在逢年過節的時候，說故事者或演員為了群眾表演出故事。換句話說，故事是一種全面性的公共活動，人們被一起運送到故事世界，體驗同樣的道德場景以及同樣的情感和思想的洪流。

當鄧巴在實驗室研究故事的神經生物學時，人類學家丹尼爾·史密斯和他的同事們已經開始研究它在該領域的影響。在第一章提到的對阿格塔狩獵採集者的研究中，研究人員測試了故事對促進群體合作的影響。他們發現，阿格塔不僅重視講好故事，且故事中的親社會訊息實際上會滲透並改變群體行為。擁有強大的講故事能力的阿格塔族群也更容易成為有凝聚力且和諧的團隊。[39]

本著圖片價值千言萬語的精神，第一章中提到的克瓦桑說書人的照片巧妙地涵蓋了這整個假設。照片中的講述者創造出的部落團結令人驚嘆。他把他的人民聚集在一起，肌膚相親、思想相抗衡，因為他編造了一個能促進群體蓬勃發展、充滿寓意的故事。我之所以關注它不是因為它代表了「原始人」的原始行為（克瓦桑人不是原始人），而是因為它真切表達了故事幫助個人融入功能性群體這項歷久不衰的能力。

## 不是道德，而是道德說教

說故事的人和評論家只要一聽到「故事的道德」就會反射性發怒，我認為，他們實際上是在反對兩種不同的事情。首先，他們反對「故事的道德」可能被以虛偽的方式傳達。但宣揚道德的故事不一定是胡說八道，也不一定代表我們所面臨的道德困境很容易解決。例如，有史以來最偉大的電視節目中，HBO 的《火線重案組》（*The Wire*）似乎是評論家的首選。但這也是針對深刻的道德主義的悲痛吶喊、是針對美國毒品戰爭如何腐蝕雙方戰士的憤怒。

雖然《絕命毒師》（*Breaking Bad*）和《黑道家族》（*The Sopranos*）複雜的故事情節

受到讚揚，但其傳遞的道德訊息和其他所有道德劇一樣清晰明瞭。多虧了《黑道家族》模稜兩可的惱人結局，我們永遠不會知道東尼・索波諾發生了什麼。但有一點很清楚：東尼是壞人，不會有幸福的生活。他可能熬過晚餐，但會在恐懼的狀態下度過餘生。同樣地，《絕命毒師》的結局是毒梟學校的老師華特・懷特躺在水泥地板上，背景是《壞手指樂隊》（Badfinger）一九七一年的熱門歌曲〈淡藍色〉（Baby Blue）。歌詞的第一句是：「我得到了應得的報應。」

說故事者和評論家反對「故事的道德」的第二個原因，跟道德本身息息相關。當談到故事的倫理特徵時，歷史上最狡猾的批評者主要是保守派，如寫出《理想國》的柏拉圖、伊莉莎白時代的評論家托馬斯・雷默（Thomas Rymer）、二十世紀之初的安東尼・康斯托克（Anthony Comstock）等，他們主張嚴苛、狹隘、過時的道德觀。自由主義的說故事者可能會譴責這種封閉的道德，但並不意味著他們自己不是狂熱的道德主義者。他們只是和《火線重案組》的編劇一樣，宣揚複雜的、多層次的道德觀點，而不是乏味的保守觀點。他們誤解了他們反對的東西：他們以為自己反對「故事的道德」，但實際上反對的是保守的道德。

但是，如果大多數故事都是明確或者隱晦的道德故事，那麼希特勒極度戲劇化的自傳《我的奮鬥》（*Mein Kampf*）呢？那是道德的嗎？托馬斯·迪克遜（Thomas Dixon）的十九世紀小說《族人》（*The Clansman*）大大普及和宣揚了三K黨的神話並啟發了電影《一個國家的誕生》（*The Birth of a Nation*）該怎麼說呢？那是種道德故事嗎？當然了，就這兩個例子來說，答案是個鏗鏘有力的字：「不」！

但同時也必須說「是」。

故事中無止盡的道德主義有著非常黑暗的一面，我將在接下來的兩章中深入討論這一點。就目前而言，我的主張並不是說不可能寫出邪惡的故事，或者所有故事都包含每個人都贊同的道德資訊。比方說，一則關於墮胎之道德敗壞的故事將會使當代美國人之間產生分歧。

我的觀點相較之下更加狹隘：親社會的主角將群體團結起來對抗反社會敵人，這樣的道德結構是種不可抵抗的統計現實。《我的奮鬥》就是那種故事（猶太人和其他不受歡迎的人是文明的大惡棍，必須被剷除），《族人》也是那種故事（黑人威脅到了主流文化的生存，因此必須慘遭無情壓制）。

我的意思是，從描繪普遍準則的意義上來說，故事通常較傾向道德主義，而非道德本身。問題結構和道德結構是講故事的人無助地圍繞著打轉的雙星。如果夠努力，是有可能擺脫這個軌道，一些說故事者已經嘗試過。但他們大多會發現很少有人願意追隨他們，因為他們跨出了普遍語法的舒適圈，漂浮進了寒冷、黑色的虛空。

故事中深刻的道德主義和有判斷力的角色都被嵌入在源自古希臘歷史的「故事」（Historia）這個詞中。這個字詞顯然是「歷史」（History）的根源，同時也是故事（Story）的字根，其詞根 hístōr 可以追溯到荷馬時代的希臘語用法，代表的是裁判、智者或法官。[40]也就是說，包含歷史故事在內，故事不只是對一件事的中立描述，而是具有判斷力的敘述。

「故事」這個詞的判斷內涵隨著對古希臘語一起消失了，但我們的故事所含有的判斷力仍然一如既往地突出。正如媒體心理學家道夫・齊爾曼所說，一個故事將其消費者變成了「為角色的意圖和行為鼓掌或予以譴責的道德監督者」。[41]我們興致勃勃地扮演這樣的監控角色，我們喜歡義憤填膺的感覺和正義帶來令人滿意的回報。如文學學者諾思洛普・弗萊（Northrop Frye）在《批判的剖析》（*The Anatomy of Criticism*）中所說：

「在這部殘酷驚悚片的劇情中，我們盡可能地接近藝術可能達到的私刑暴徒的純粹自以為是。」[42]研究證實了這一點：人們在犯罪者受到懲罰、而非被寬恕的故事中獲得更多滿足感。[43]

在這個章節裡，我論證了故事中不可阻擋的道德主義對群體中團結相當有益。在下一章中，我將重點討論群體之間的分歧。故事的普遍語法是偏執和具有報復性的，它展演了這個充滿問題的世界，並鼓勵我們批評那些討厭的人。換句話說，傳播故事就是在傳播惡行。當惡棍增加，群體之間的憤怒、判斷和分裂也會隨之增加。

為了證實這點，我必須首先解釋許多專家所說的故事最偉大功效：移情作用。

# 第五章

# 故事讓人們分崩離析

## ——如何製造一場沒有壞人的大屠殺？

在不斷擴大的迴旋中不斷旋轉、旋轉，
鷹隼聽不見主人的叫喚；
事情已分崩離析；中心已然潰散。

——威廉·巴特勒·葉慈（William Butler Yeats），
《再次降臨》（*The Second Coming*）

一九九四年六月是人類史上最血腥的月份之一，盧安達胡圖組織突然屠殺他們的圖西族鄰居及同事。納粹在二戰期間殺害了六百萬名猶太人這令人震驚的能力通常被歸咎於著名的德國組織化、效率和機械化，但胡圖族屠殺圖西人的時間效率要高得多，儘管大多數武器都帶有中世紀的色彩：刀、螺旋鑽、一些槍枝、被稱為「馬蘇」帶有釘子的棍棒，其中尤以砍刀最具中世紀特質。[1]

這不是一鍵式的種族滅絕；這是一場近距離的劈砍、捅刺的大屠殺。納粹機器盡可能地保持清潔無菌，在死亡集中營中，納粹可以在手不沾血的情況下殺人；盧安達的種族滅絕者則是渾身浴血，你必須是**真的**希望將人們置於死地才會這樣殺人。四個多月的時間裡，胡圖族暗殺隊每小時殺死三百三十三名圖西人，這個數字是納粹死亡工廠的三倍。但約莫八十萬名受害者中的大多數人是在六月份死亡。

十年後，盧安達各地的親朋好友們擠在收音機旁，收聽一個名為《新黎明》（New Dawn）的節目，而一組社會科學家則研究該節目對他們的影響。[2]《新黎明》專門被設計來療癒眾人。大多數情況下它只是一部普通的肥皂劇，它的創作者是一個與盧安達當地人才合作的荷蘭非政府組織，他們將重修舊好的劇情編織成了莎士比亞式情節，講述一對年輕夫婦為了共同生活而放棄了血仇，也不再反對種族婚姻的禁忌。

研究人員在收聽節目時追蹤了數量龐大且種族多樣化的盧安達人樣本，著迷地在空閒時間熱烈討論。聽眾還在收聽節目之前填寫了關於他們的社會態度的問卷調查，並在研究結束時再次填寫。

這個節目不是萬靈丹。它無法讓親人起死回生，也無法抹滅痛苦的回憶。但《新黎明》展現了故事的共情魔力：它不僅將聽眾帶入了一個不同的世界，也帶入了「他人」的肌膚血肉之中。該節目幫助聽眾理解，來自敵對民族的人其實和他們並無二致。研究結束後，聽眾更有可能贊成跨種族婚姻，種族間的信任程度也更高，並同意透過對話而不是暴力來解決差異的必要性。

故事是移情機器。[3]當它們真正起作用時，我們會被傳送到不同的世界，進入不同的腦部。故事幫助我們以想像得到的最極端方式消除彼此差異——把「他們」變成了「我們」。在最好的情況下，故事顯示我們彼此的差異只是海市蜃樓，我們所抱持的偏見都是沒有根據的。這項研究驗證了這一點：閱讀哈利波特小說的孩子們不僅汲取了J.K. 羅琳的精彩故事，還有她個人的寬容態度。孩子們對諸如少數族裔和同性戀者等邊緣化的「其他人」的消極態度有所減少。[4]（即使最近羅琳的推特貼文引發了她對變性人的容忍度的爭論，這點仍是不爭的事實。）

歷史學家琳恩．杭特（Lynn Hunt）在她的著作《創造人權》（*Inventing Human Rights*）中表示，所謂一七〇〇年代後期，奴隸制、父權制和司法酷刑等古老的人類習俗受到了突如且不間斷攻擊的人權革命，其中很大程度上是由一種新的故事形式——小說的興起所推動。與戲劇不同的是，這部小說帶給觀眾一種直接、透明的幻覺，不僅可以了解一個人的外在言行，還可以了解他們的內心想法和感受。根據杭特的說法，小說教會人們在家庭、宗族、國家和性別之外產生同理心，這麼做幫助催化了人類歷史上最重要的道德革命。

杭特的案例主要基於小說興起與普遍人權概念的誕生之間的隱晦關聯。當時對於故事其情作用的研究不符增加，也使她的主張更具合理性。研究表明，像《湯姆叔叔的小屋》（*Uncle Tom's Cabin*）並不僅僅讓白人讀者對黑人產生更多的同情。他們認為同理心是一種肌肉，可以藉由閱讀小說鍛鍊，它就會變得越來越強壯。廣為人知的研究表明，大量閱讀小說與移情能力成正比。即使研究人員控制了已經具有高度同理心的人可能會自然被小說吸引的可能性，這些結果似乎仍然成立。[5]

出於所有這些原因，故事被偉大的藝術家、思想領袖和科學家廣泛推崇為打破偏見和部落主義、鼓勵我們對更多類型的人採取更人道行為的最大希望。但你的大腦後端可能快速冒出一個疑慮，這種疑慮被稱為「負面理論資訊組合」。現在我們的故事比以往任何時候都多，我們的同理心是否迅速增加？我們是否能夠更好地跨越政治、種族、階級、性別等舊有的分歧來相互理解？我們有更「不懷惡意，對所有人施以良善」嗎？或者說，我們這個充滿故事的時代是否感覺和以往一樣易怒且冷酷？

所以，專家們得提出一些解釋。如果故事有如此撫慰人心的效果，為什麼講故事的大爆炸沒有與和諧與同理心的大爆炸同時發生？

## 富有同理心的虐待狂

約翰．加德納在他那本好書《道德小說》（*On Moral Fiction*）中說，「藝術是文明的主要防禦之一，是試圖將巨魔釘在原地的錘子。」[6]這裡他談論的是普通的藝術，但書中的焦點是放在具體的故事藝術。加德納以強有力的方式表達了一種普遍而古老的情感。他所說的完全正確，但也同時錯得離譜。就跟大多數人一樣，加德納對故事藝術的熱愛讓他很難完全理解巨魔也握有相同的故事之錘，這是牠們粉碎世界的主要工具。

事實上，無論你在世界上哪裡找到極致的惡行（不是普通的搶劫和謀殺），也總能在其背後找到一則故事。請回想序言中所寫的歷史規律：**怪物總是表現得像怪物。但要讓好人表現得如此駭人聽聞，你必須先講一個故事給他們聽**，不管是一個大謊言、一個黑暗的陰謀，還是一個包羅萬象的政治或宗教神話。你必須給他們一本神奇的小說，把一件壞事，比如把教堂裡呼救上帝垂憐的數百名圖西人砍死，變成一件好事。在廣播、報紙和電視上傳播的宣傳故事中，一名胡圖神話至上主義者將圖西人描繪成一種入侵的害蟲，如果不立即根除，肯定會崛起並摧毀胡圖人。肥皂劇《新黎明》演出了種族滅絕和後續的療癒，兩者都源於故事啪地一聲穿透了現實世界和故事世界之間的薄膜。但無論如何，仇恨和分歧的「胡圖族力量」故事比《新黎明》的愛與和解的故事更強大。前者在文明崩潰的洪水中沖破薄膜，而後者則是以剛好可察覺到的噴霧形式穿過薄膜。7

但學者和記者們大肆宣揚《新黎明》，卻很少提及故事在這場洪水中的關鍵作用。人們普遍讚揚故事更大規模的形式，特別是其產生的同理心，但實際上似乎沒有發現故事是一個僱傭兵，像好人一樣急切地擊退壞人。

胡圖力量的神話沒有地位，也沒資格擁有地位，因為它沒有移情作用。事實上，這些神話在胡圖人中激起極大的同情心——不僅僅是為了「他人」圖西族的艱辛，也是為了胡圖族群中的苦難和屈辱。正如心理學家保羅・布魯姆（Paul Bloom）所說，同理心並不總是一件好事：「與我們親近的人、與我們相似的人以及我們認為更有吸引力、更脆弱、不那麼可怕的人產生共鳴要容易得多。從理智上講，美國白人可能認為黑人與白人一樣重要，但通常卻發現更容易同情後者的困境而不是前者。在這方面，同理心扭曲了我們的道德判斷，成了一種偏見。」[8]換句話說，因為同個群體內的人比外部群體的人更容易產生同理心，故事產生的同理心主要作用可能並不會模糊我們與他們之間的界限，反而鞏固了它們。

我們認為犯下最嚴重暴力行為的人是低同情心的精神病患者。有時確實如此，但並非總是這樣。例如，自殺炸彈客實則帶著同理心走向死亡。是他對自己被剝奪的人民遭受的苦難產生強大的同情心，促使他懲罰敵人。自殺炸彈客之所以有如此強烈的憎恨，部分原因是他心懷非常強烈的愛。而所有的仇恨和愛意都經由故事滲入了他的軀體——藉由真實的歷史、古老的宗教神話，以及他所深深沉醉的邪惡陰謀故事。[9]

所以，講故事的大爆炸實際上導致了同理心的大爆炸。至少可以說，這種同理心並不總是以我們想要的方式被表達。在某種程度上，故事將人們分為好人和壞人，在每個有同理心的群體中創造出冷酷無情的群體。故事在產生同理心的過程中，也產生了同理心的反面：讓被迫扮演反派的人對道德視而不見。

若是好的故事，我們會擁有認同機制與主人公融為一體，我們可能會稍微、或是瘋狂愛上他們。但是，當我們透過故事生活時，也會有一種不同類型、依賴同理心的能量運轉得非常迅速。這種能量是仇恨。我們討厭那個給主角帶來痛苦的惡棍，多虧了同理心的機制，基於認同，這種痛苦實際上也傷害了我們。為了幫助我們體驗仇恨帶來的美妙快感，經典的反派通常被刻畫成扁平、單純且毫無變化。正是對手平淡無奇、普遍的邪惡，幫助我們將我們對他們的仇恨轉移到他們代表的群體，無論是兄弟會的普通反派、市中心的幫派小子、吸血鬼女人，華爾街銀行家，或者是圖西族的肥貓。

「衝突是小說的基本元素，」珍妮特．布羅維（Janet Burroway）在她的經典創意寫作指南《寫作小說》（*Writing Fiction*）中這麼說。「在生活中，衝突往往帶有負面含義，但在小說中，無論是喜劇還是悲劇，戲劇衝突都是根本的，因為在文學中，有麻煩才會有趣。」[10]這種基本的智慧已被非常多專家覆誦多次，如此不可動搖的信念可能是講故事的第一條（也是最難商議的）誡命。

但是講故事的人都以什麼樣的衝突為中心呢？有時候衝突發生在人物與大自然的力量之間，如電影《浩劫重生》（*Castaway*）和《絕地救援》（*Mars*），或是文學作品如傑克．倫敦（Jack London）的經典短篇小說《生火》（*To Build a Fire*）或是《魯賓遜漂流記》的第一部分。我甚至想到詹姆斯・法蘭科（James Franco）主演的電影《127小時》中，一個男人真的掉進了馮內古蒂安的洞裡，花了整部電影的時間試圖逃出。

但顯然講故事的人主要關注社會衝突。布羅維所說的「麻煩」完全是被人們之間的衝突所驅使。意志和欲望的衝突越激烈，我們就越著迷。人們最容易傾向於社會衝突的故事，這不僅是因為這些故事相對流行，而且還有研究表明，與其他類型的故事相比，即使是小孩子也更容易被社會衝突的故事所吸引。[11]

這些全都如此熟悉，以致於很容易被視為理所當然。但講故事著重於社會衝突有助於塑造人性中一些最突出、最不可愛的層面。經典故事將世界分為「我們」（主角的世界）和「他們」（對手的世界）。不僅如此，這個「我們」主要是與邪惡的「他們」相對比。惡棍是另一種人，是「壞人」，最終應該有可怕、人格羞辱的事情降臨在他們身上。正如弗里茨・布賴特豪普特（Friitz Breithaupt）在他二〇一九年出版的《移情的黑暗面》（*The Dark Sides of Empathy*）提到「移情施虐狂」，他將其定義為「大多數人在無私的情況下感受到的情感和知識方面的享受」，[12]例如，當好人殺死、俘虜或羞辱壞人的時候。

## 群內友好，群外樹敵

早些時候，我認為人類對故事的普遍語法的興趣部分是為了適應群體生活的原始挑戰。故事使他們的講述者和聽眾沉浸在相同的部落規範中。他們無休止地告誡我們要成為公主，而不是老虎——成為社交編織者，而不是切肉刀。他們藉由無情地重複因果報應的主題告訴我們，做一個配合的好人比做一個自私的壞人更值得。有強烈幻想的人類群體將被結合成運作良好的集體，這將勝過缺乏想像力的人類群體們。而我們，這些古代故事講述者的孫子，繼承這顆星球。

但是，如果我們古老的講故事本能跟不上現代世界的快速變化怎麼辦？當我們的祖先開始形成小的社群時，我們的故事心理就進化了，每個人都透過血緣關係、語言、種族和相同的文化認同故事團結在一起。

然而現在這樣的小世界幾乎消失了，取而代之的是住有令人眼花繚亂、大量無關人士的國家。但是我們講述的故事仍然做著它們古老的工作，將人們分成部落並讓彼此相互對抗。在我們祖先的世界裡，妖魔化河對岸的人可能是真正有意義的。他們是潛在的危險競爭對手。一個部落越是想像自己被壞人包圍，它就越強大地依附於彼此並團結在一起。[13]歷史學家卡爾·多奇（Carl Deutsch）諷刺地概括了這一不幸的現實：「一個國家是一群因對過去的錯誤看法和對鄰國的仇恨而團結在一起的人。」[14]

但在多元文化和多民族的社會中，故事不僅作為形成部落的工具、同時也是部落分裂的原因，這樣的趨勢始終沒有改變。而且，如果任其發展，它會導致社會內部激烈的部落衝突，可能會導致文化碎片化、甚至是內戰等結果。為了避免這個討論變得過於模糊和抽象，接下來讓我們看歷史敘事這個特定的類型，作為故事可以促進群內友好和群外敵意的方式的一個例子。

## 歷史的痛處

哲學家亞歷克斯·羅森伯格（Alex Rosenberg）在探討人類普遍需要記錄過去的書一開頭，表明「顯示歷史故事是錯誤的」。是哪些故事呢？「全部」，羅森伯格說。[15]羅森伯格並不否認我們知道過去的事情。多虧了歷史學家，我們才知道金字塔是什麼時候建造的，以及是如何建造的。我們知道《獨立宣言》的簽署時間和內容。我們知道第二次世界大戰何時開始以及以色列國如何形成。我們的圖書館充滿了關於姓名、地點、日期和事件的可靠歷史數據。但是，羅森伯格堅定認為，當我們將這些數據編入故事中，解釋為什麼事情會這樣發生以及這一切意味著什麼時，歷史就會變得不穩定。我們腦海中的歷史，由記憶模糊的學校課程和我們看過的所有電影、書籍和紀錄片的朦朧回憶，再加上某間酒吧的某個人告訴我們的一些東西組成。其中有哪一些可能被稱為我們集體的歷史記憶[16]，這點最令人起疑。

這一點上，羅森伯格聽起來像是一個炒熱氣氛的客人，試圖讓無聊的晚宴活躍起來。但他有個更重要的觀點：所有的歷史故事在很大程度上不僅是錯誤的，而且很危險。在這樣的斷言中，羅森伯格正在攻擊喬治·桑塔亞納的觀點，「那些不記得過去的人注定要重蹈覆轍。」[17]我們大多數人都毫無抵抗地接受這種陳腔濫調，讓歷史的故事講述者相信他們正在編織真實的故事，這將幫助我們避免過去的血腥災難。對於羅森伯格來說，記住（和錯誤地記住）我們的過去更有可能帶來災禍。

記者兼散文家大衛·里夫（David Rieff）同樣提供了許多例子，說明相互對立的歷史故事（通常歸因於爭論誰對誰做了什麼）推動了悲慘的衝突循環。背誦這些「相互衝突的殉道錄」[18]讓「歷史的傷口」[19]遲遲無法結痂癒合。在描述了中東和巴爾幹等地引發的歷史衝突之後，里夫最後提出了一個激進的建議：「這本書的總體觀點是，有時候（或者說經常）失憶比記得來得好。」[20]

歷史作為一種重要的講故事類型，繼承了我們在更普遍的故事中發現的所有結構模式，包含了所有有益、有害的影響。正如我們在第四章中提到的，歷史學家讓我們注意到與小說或新聞一樣強烈的消極性。它們讓我們敏銳、清晰地關注衝突和麻煩，並且經常為我們提供全面的道德語法，即惡棍威脅受害者、英雄競相拯救世界。

當然，並不是所有的歷史都帶給我們如此敏銳和振奮人心的語法，而這些正是羅森伯格和里夫所認可的歷史。這些往往是學術類型的敘事，列出了所有混亂的歷史事實，同時抵制將事實巧妙地編織成故事的衝動。但與其他形式的講故事一樣，最成功的歷史登上暢銷書排行榜，而在我們的社會記憶庫中積極爭奪空間的，是那些將普遍故事語法強加於過去的混亂歷史：它們帶來好人與壞人鬥爭、生死攸關的情節。它們往往也帶有強烈判斷力，如果好人沒有獲勝，至少我們還有譴責壞人的滿足感。

基於這個原因，里夫和羅森伯格都將歷史視為一種歷史小說形式，經常將群體聚集在一起進而彼此對立。像往常一樣，羅森伯格毫不留情表示：「故事歷史學家講述的故事與人類文化的任何方面相比，都更加痛苦且致命。而且，正如我們將看到的，他們講述的那些最引人入勝的故事本質，才是構成人類歷史大部分的眼淚、痛苦、苦難、屠殺，有時甚至是滅絕的因素。」[21]他指出，多個世紀以來，「種族、語言和宗教團體已經由他們自身虐待、歧視的歷史故事情節所推動，甚至是種族滅絕鎮壓導致的虐待與歧視，還有其他道德、語言學及宗教團體帶來的種族滅絕鎮壓。」[22]

在喬治．歐威爾（George Orwell）的《一九八四》中，懺悔者／調查官歐布萊恩讓我們的英雄溫斯頓．史密斯背誦黨的口號：「誰控制了過去，就控制了未來：誰控制了現在，就控制了過去。」這段口號表明，無論歷史是否能夠捕捉真相，它永遠能捕捉權力。這是「講故事的人統治世界」的老大哥式的說法。就這句格言的屬實程度來說，我們辯論歷史，既是為了爭奪掌控未來的權力，也是為了定義過去的事實。

好比講述歷史故事的人講的是一則有關俗話所說的異國他鄉、迷幻荒誕之地的故事，且這個地方毫無穩定的事物也沒有恆定的意義。當然了，部分原因是因為檔案員或考古學家挖掘出來的新證據重見天日，讓我們得以以更全面的方式一窺過去。同時也是因為，歷史是投射變化萬千的現今的有趣鏡子。

我認為，敘事歷史可以被定義為將現在的想像力強加於過去毫無防備的屍體之上。歷史是經過形塑、編輯與美化的雜亂過往，為的是打造出滿足當今需求的整潔故事。因此歷史是「我們」的自畫像，涵括了我們的憂慮、困擾、悲傷、權力鬥爭——或者不只是「它們」這些的肖像。為了稍微強化這個論點，通常科幻小說被認為是將我們對當前的癡迷投射到了未來，但我們也可以將歷史視為一種推理故事，將我們對當前的痴迷投射到了過去。

## 高尚的謊言和卑鄙的事實

最初，柏拉圖在《理想國》中告訴我們，眾神從大地之母的土壤中培育出人類，並長成眾兄弟姊妹。在那些注定要統治世界的人中，黃金混合了土壤。在注定成為軍人的人之中，混合土壤的是銀。而對於那些注定要在田野或廚房裡流汗的普通人來說，黃銅強壯了他們的骨骼。這就是為什麼有錢人從雙手從不因握犁耕種而起水泡；而窮人的兒子被賤金屬壓得喘不過氣，一輩子無法翻身。[23]

但是，在他自己發明的第二個神話中，柏拉圖解釋說，卑微的人可以在死後超生。[24]一個名叫厄爾的戰士在政爭中被砍倒，死在草地中十天後再次重生。厄爾告訴戰友他下到冥府，在那裡見到了所有存在的邏輯，仿若是一艘大船上彼此完美鑲嵌的木塊。在冥府中，好人的影子直上天堂，擁有一千年非世俗的喜樂；壞人則下地獄受千年苦刑。然後，所有善良和罪惡的靈魂聚集在一個區域，等待輪迴。每個人都可以按照自己的意願重生——成為動物、成為誠實的工匠，或者成為享受權力和肉體樂趣的暴君。

用柏拉圖的名言來說，這兩則神話都是「偉大而高尚的謊言」。[25]柏拉圖問：一則故事最重要的是什麼？它該是真實的還是有益的？柏拉圖總結，如果一本小說引人向善、視彼此為弟兄，那麼謊言就比事實更加高貴。

柏拉圖為未來烏托邦繪製了藍圖，它建立在不可撼動的理性之上。但是對於柏拉圖來說，此藍圖使像他這樣的貴族永遠壟斷權力，實則是個很棒的巧合。柏拉圖的起源神話讓傳統的權力結構成了自然現象。厄爾的神話告訴不幸的人們，不要將他們的命運歸咎於其他人或我們現在所說的「結構性」失衡社會。厄爾的神話是，無論有特權與否，每個人都得到了他們在地獄時所要求的生活。這兩則神話使得種姓制度看起來不僅自然而且公平。

也許每個偉大的國家都是建立在類似的崇高謊言之上。偉大的非裔美國作家詹姆斯・鮑德溫（James Baldwin）藉著男人的立場，以及一個沒有得到神話帶來的好處的族群，巧妙地描述了美國的建國神話：

美國黑人的巨大優勢在於，他們從不相信白人所信奉的神話。美國人堅持：他們的祖先都是熱愛自由的英雄，他們出生在世界上最偉大的國家，或者是美國人在戰爭中戰無不勝，在和平中睿智，美國人一直以體面的方式對待墨西哥人和印第安人以及其他鄰居或者次等族群，美國男人是世界上最直接和最有男子氣概的，美國女人是純潔的……黑人對美國白人的了解遠不止這些。事實上，幾乎可以說，他們對美國白人的了解就和父母——或者說母親——對他們的孩子的了解一樣，並經常以這種方式看待美國白人。或許是因為這種態度，儘管黑人知道自己忍受了些什麼，但總的來說，直到最近他們才讓自己帶有些微的仇恨。在可能的情況下，這種趨勢確實像是，他們洗腦自己，將白人視為有點瘋狂的受害者。[26]

鮑德溫正在描述的是美國例外論的學說。這正是美國被歷史選中的原因；我們是一群自選的探險家、先驅者和野心勃勃的理想主義者，將啟蒙和自由的火焰帶給愚昧無知的世界。作為一個真正的美國人應該謙虛地說，我們是人類為了自由和自決而鬥爭的勝利典範。

這種複雜、半虛構的情節，我將其稱為神話I。現在看起來挺傻的，但我們花了數百年的時間在自己身上建立這個崇高的謊言，以便將一大片不規則的州、領土、宗教和種族縫合在一起，形成一個單一的國家實體。

之後，好幾代的人們在謊言面前製造更多謊言，並屈膝臣服於這些虛假之詞，到了一九六〇年代，知識分子和激進分子將其撕毀。他們這樣做不僅是因為謊言的虛假和明顯的漏洞，還因為他們認為謊言等同於赤裸裸的政治。神話I就跟柏拉圖的崇高謊言一樣，是偽裝成歷史的強權政治。正如現在眾所周知的那樣，謊言忽視了婦女和各種少數民族的較低地位。它淡化了奴隸販賣的瘋狂殘忍和伴隨而後的黑人貧困景況。關於北美大陸土著人的幾近滅絕，這些謊言幾乎是隻字未提。

六十年代的學者和激進分子撕毀了美國的崇高謊言，同時建立了一個關於可恥事實的全新反歷史，我將其稱為神話II。已是美國左派主要故事的神話II，突然令人作嘔地翻轉了陽光普照的美國歷史史冊，轉而從被束縛者、被掠奪者和所有被殺害的幽靈的角度描寫。在某些不光彩的事實中，美國（以及其文化源頭的歐洲）變成了一個怪物文明，還因為它不可動搖的信念、深信自己特別善良而變得更加可怕。在世界上幾乎所有險惡的事物背後，都可以看見美國巨人抓過起士漢堡的油膩指紋。崇高的謊言（神話I）把美國描繪成了山上的閃亮城市。可恥的事實（神話II）將其描繪為魔多之心——在山頂閃耀的索倫之眼。

從「高尚的謊言」到「可恥的事實」，這個轉變是一個簡單的倒置過程：白人從肩負世界的重擔到成為世界的重擔。以前被用來觀察美國的玫瑰色眼鏡被加深了鏡片顏色，直到眼前所有景物都成了鮮血的顏色。白人從英雄變成了惡棍，但這諷刺並未就此停止。神話II仍然是關於美國例外論的故事，但美國之所以例外，純粹因為它善於自欺欺人、壓迫和貪婪地製造破壞。

出於兩個原因，宏大的歷史故事都不是真實的——不是神話I的高尚謊言，也不是神話II的可恥事實。第一個原因是具體的。神話II可以被看作是自大航海時代以來對西方文明的片面說詞，而I可以被視為是同樣片面的辯護。但兩者都是編輯過的偽造歷史，在其中一則神話中被刪減的內容，在另一則裡被強調了。如果你把這兩個故事像兩疊不完整的撲克牌一樣重新洗牌，就能得到完整的歷史。這些神話不真實的第二個原因有點抽象：兩則神話都不是真的，因為它們都是故事，而故事從來都不真實。

這裡有一件很難、但很重要的事情，請試著理解這點：故事從來都沒有發生過。生活才是真實的。當人們為生活焦頭爛額時，總有爛事發生，但從來沒有一則故事是現在式的時態，故事一直都是人為的、事後的造假和關於過去的可疑關聯。所以，每當我們遇到反派和英雄、邪惡和善良這種高度符合通用語法的歷史時，應該要保持警惕。我們的思想旨在透過簡化故事來處理複雜的現實。我們將通用語法當作一個模具，強加於自身的經驗上使之看起來像則故事。這個模具將凌亂的過去變成了整潔的歷史小說。

## 戰爭書籍

蔡美兒（Amy Chua）的《帝國的終結》（*Day of Empire*）談論了世界歷史上少數幾個在軍事、經濟和文化領域皆有頂尖表現的國家興衰。所謂的超級大國，諸如蒙古人、古羅馬帝國、鼎盛時期的大英帝國以及二戰以來的美國，藉由打造非常寬容的社會而獲得了霸權。（必須說明的是，所有超級大國在很多可怕的方面都表現出了糟糕的歧視態度，可能只是比競爭對手要好一些。）因此，他們能夠吸收不同文化和種族群體的人力資本——無論是天才或是蠢材都不放過。

到目前為止，這則故事聽起來還不賴。對多樣性抱持寬容是超級大國崛起的必要條件，同時也是他們最終衰落的關鍵。蔡美兒一次又一次地描述了一個歷史軌跡：超級大國因為相對寬容而茁壯成長，但隨後國族認同的膠水不再緊密黏合，加上人口數在國族認同分崩離析時來到了一個臨界點。

超級大國是不同類型的人組成的瘋狂拼貼，它們不是由地理上的天然屏障、地圖上繪製的虛線或者共享的血統而結合在一起。它們因神話、民間故事、流行文化等故事聯繫在一起，強化了共同的價值觀和認同感。

在蔡美兒看來，美國與其他超級大國一樣，一直以其對多樣性的寬容而著稱。儘管有著本土主義和種族主義之爭，但它也歡迎來自世界各地的大量移民，堅持對美國的定義不是基於血統和土壤，而是基於立國文件中提出的一套共同理想。自從一九六〇年代革命性的民權法案通過以來，無論多麼斷斷續續和不完美，美國終於開始「發展成為世界歷史上民族和種族上最開放的社會之一」。[27]

二〇二〇年二月，當我看到第四十五任總統川普在國會聯席會議上發表言論時，想到了蔡美兒的書，正如總統所說，「我們的國家很強大」。但這一句話本身就暴露出了令人擔憂的弱點，它始於一位被彈劾但尚未被宣判無罪的總統拒絕與眾議院議長握手。最後，議長南希·裴洛西（Nancy Pelosi）站在總統頭頂上方的高處，戲劇性地一頁一頁撕碎了他的印刷演講稿。但最讓我擔心的不是這些相互蔑視的表現，而是立法者對總統言論的反應：坐在一邊的共和黨人熱烈鼓掌，高呼「再過四年！」和「美國！」臉上洋溢著難以掩飾的狂喜；坐在另一邊的民主黨人在他們的椅子上蠕動著，表情在痛苦到難以置信和單純的痛苦之間來回切換。

生活在一個代議制民主國家，意味著那個房間裡的人代表我們執行政治命令。在更抽象的意義上，他們代表我們，是我們憤怒、功能失調、壓制住的暴力縮影。

那天晚上我看到的，是一些政客說兩個美洲並不存在，這樣令人毛骨悚然的證據。房間不僅按照黨派界限劃分，而且按照身分界限劃分。人們不可能不注意到總統幾乎只對著房間的一側講話，裡頭絕大多數是幸災樂禍的白人男性。總統幾乎沒有注意的人也包括很多白人男性，但其他類型的人也非常多。我害怕地上床睡覺。我覺得我已經看到了將導致內戰發生的事態頂峰，或者，如果這麼說過於歇斯底里，至少那是一場無休止的冷戰，它凍結了進步並保證國家將急劇退步。

隨著 Covid-19 大流行的加劇，第一次彈劾、國情咨文以及其他一切很快就被遺忘了，幾個月後，喬治．弗洛伊德被明尼亞波利斯警察無情殺害。精彩紛呈的場景輪番而至：各族人民上街遊行，爭取種族正義和平等。而且，有一段時間，似乎出現了一種新的跨黨派意願，試圖為美國的種族差異為做點什麼。但也有醜陋的一面：破壞、搶劫，以及最令人不安的左右極端分子之間的街頭戰鬥。

在喬納森．史威夫特（Jonathan Swift）的《書的戰爭》（*The Battle of the Books*）

中，圖書館裡的書本有了生命，其中一隊代表希臘和羅馬的知識巨人，與另一隊代表現代思想家的書籍，展開了一場不同觀念和故事的戰爭。這看起來像個牽強的隱喻，但幾乎所有大規模的人類衝突都可以追溯到故事之戰，無論是否有被謄寫在書本上。

相互敵對的抗議者團體以及聽取總統演講的立法者正在展開一場書籍之戰。大多數左翼抗議者和立法者都生活在神話II的故事中。大多數右翼抗議者和立法者，當然還有MAGA土地上最熱心的居民（MAGA為唐納．川普的競選口號Make America Great Again），都生活在神話I的故事中。

美國所有的部落和派系都在網路和街頭上聚集，共同表達他們的怨恨，美國看起來像一個超級大國，失去了曾經將它緊密黏貼在一起的共同故事。恐慌是愚蠢的，我們的國家曾經歷了更糟糕的時期並變得更強大。但屈服於自滿同樣是愚蠢的，正如蔡美兒所指出的那樣，迄今為止，偉大的文明已經無數次幾近崩毀，我們還沒有明確地將之炸毀，並不代表我們沒有正在這樣做。

最考驗我們民族凝聚力的不僅是我們陷入困境的歷史，還有我們講述的不相容的故事。如果我們要讓民族之家重歸於好，就必須學會講述一則能夠激勵我們作為主角繼續前進的故事。我不知道確切該怎麼做，但我確實有一個關於我們如何開始的可靠想法。

## 沒有惡棍的歷史

我們可以把故事想像成一個漂浮的抽象存在，它尋找無序的信號，並以可預測的方式組織。這種訊號組織對人類具有強大的影響，它刺激了我們，使我們團結起來，將部落聯繫在一起並維持緊密。但故事也扭曲了現實，因為講述者總是有強大的動機將現實世界的事實扭曲成最強大的小說語法。對於透過群體傳播的八卦和小說都是如此，對於美國歷史故事來說也是如此，這些故事從紙頁上冒出來席捲我們的想像。

當談到歷史時，語法將現代世界中的問題隔離開來，然後跳回到歷史中來起訴和判刑那些該為我們的困境負責的人。講述歷史故事經常等同於一種復仇幻想，過去的犯罪者違反道德準則，但可因為不知情而復活、接受審判和定罪，不僅在美國，全世界基本上皆是如此。

故事成為部落凝聚和競爭的工具。它凝聚了部落，因此可以使之更有效地與其他部落競爭。這在遙遠過去的單一文化社會中為我們發揮了很好的作用，但在現今的多元文化社會中，它融合了國家內部的族群，使不同國家之間的群體相對立。我們的歷史神話總是始於分裂而終於團結，除非我們從根本上改變我們敘述過去的方式，否則這個狀況將會持續。

這就是希望所在。絕大多數故事都跨文化和跨歷史地講述了普遍的語法。特別是不強調衝突和麻煩的成功故事（在吸引和取悅廣大觀眾的意義上）非常罕見。然而，當談到講故事的道德主義時，無數的例外表明，儘管故事通常會引出我們天性中較正義的天使，但實則沒有這個必要。這是一個好兆頭，表明我們可以講述關於我們自己的故事，這些故事不那麼分裂、不那麼部落化，也不那麼熱衷於定義「我們」而不是邪惡的「他們」——只要我們有足夠的意志力。

想想電影《火線交錯》（*Babel*）中錯綜復雜的情節，它從頭到尾都是一起悲劇。一對美國夫婦因嬰兒猝死症候群失去孩子，然後妻子被槍殺，他們的兩個小孩在悶熱的沙漠中迷路。這位美國婦女是被兩個年輕的摩洛哥兄弟意外射殺，最終導致其中一名男孩死亡，家庭也跟著破碎。由於他們可愛的無證照保姆一系列錯誤判斷，這兩個美國孩子在沙漠中迷路了，後者隨後被粗暴地驅逐到墨西哥。摩洛哥男孩一直肆無忌憚地把玩日本獵人留下的步槍禮物，當獵人的妻子後來自殺時，他發狂的女兒在窗台上結束了自己的生命。

《火線交錯》完全忠實於普遍語法對極端衝突和麻煩的偏好。從頭到尾，所有角色都在應對可怕的考驗。但是普遍語法中的審判者角色完全不存在。《火線交錯》中沒有壞人，這部令人生畏的電影的全部情節都是出於好人的愛。人與人之間的微小聯繫，看似微不足道的粗心或善意時刻，都會引發蝴蝶效應造成巨大痛苦。

重看一遍《火線交錯》，我被虛構惡棍的矯揉造作所震撼。當然了，《火線交錯》中的角色也是虛構的。但至少，正如佛斯特在《小說面面觀》中所說的那樣，我們努力使他們「圓潤」。主角可能只是文字的拼貼，但他們像是從平面站起的立體人物：他們有家庭和怪癖，有他們喜歡或討厭的狗，有他們想要克服的性格缺陷。

惡棍也只是文字的拼貼，但他們通常不會以完全相同的方式脫離頁面。更多的時候，他們的人性被全盤否定，被迫停留在平面之中。對立者經常被描寫成運行偏好演算法的機器。與在冒險過程中通常會經歷某種形式的道德覺醒（或至少是道德進化）的主角不同，對立者幾乎不存在於道德方面。除了真正的反社會者之外，這種簡單的人物在現實生活中幾乎不存在。它們必須由講故事的人編造。

看完《火線交錯》後還有一件事讓我印象深刻：也許我們歷史故事中湧現的惡棍和我們小說中的惡棍一樣都是人為的。也許我們應該嘗試編寫完全沒有惡棍的歷史，就跟《火線交錯》一樣。

剔除惡棍似乎是一種抽象敘述歷史的合理方式，但一旦我們轉向疑難案件，就會面臨困難。我們如何在不點名和羞辱惡棍的情況下講述大規模恐怖事件，比如大西洋奴隸貿易、大屠殺或盧安達的種族滅絕？這不正是柏拉圖推薦的那種崇高的謊言——抹去過去，以更漂亮的方式重寫它，最終將當前的不公正現象永遠延伸到未來嗎？簡而言之，沒有惡棍的歷史本身不就是相當惡毒的偽造歷史嗎？

## 對魔鬼的同情

我還記得青少年時期和父親一起開車去雜貨店。雖然我已忘記了前因後果，但不知何故，我們突然討論起道德。從那以後，我父親說的一些話一直伴隨著我。「我並不比罪犯好，」他說。「我要去 Price Chopper 買一條麵包。但是如果我很窮，我的孩子越來越瘦、我的妻子會絕望，那我就會去商店偷麵包。也許我會做出更糟的事。搞不好我會販賣毒品或闖入房屋。如果我這麼做，人們會說我是罪犯——壞人。但我有足夠的錢買麵包，所以我要做個好人。但我並不是一個好人……」說到此處他停下來，在腦海中尋找合適的詞：「我只是擁有美德這項奢侈品。」

即便如此，作為一個粗魯而愚蠢的男孩，我還是被這句話的力量和潛在思想的震撼給震懾到了：美德與其說是性格的固有屬性，不如可說是人們可以輕鬆負擔、其他人可以以更高價購買的奢侈品。*

我想我父親不知道，但他提出了道德哲學領域重大發現的要點——與物理學或化學

* 直到一八〇〇年代初期，反派這個詞才普遍被當作故事中壞人的同義詞。幾個世紀前，根據在線詞源詞典，惡棍只是一個出身卑微的人，一個「農民、平民、流浪漢、鄉巴佬」。隨著時間的推移，作為 C. S. 路易斯（C. S. Lewis）稱為「狀態詞的道德化」的過程的一部分，惡棍這個詞變成了濫用的一般術語，然後變成了「壞人」的同義詞。因此，在我們講故事的基本詞彙中，有一個道德上遲鈍的假設，即壞人通常出身低微。詞彙的這種變化並沒有遵循一個開明的認識，即「不道德行為」通常是由個人無法控制的經濟條件驅動的。相反，它反映了一個假設，即窮人缺乏道德是因為血液中的固有貧困而不是他們的錢包。

中的重要原理處於同一水平的發現。這一發現是有爭議的，在哲學家之間也不例外，因為它似乎破壞了道德責任的基礎，並且讓人們無從保證是否會做出不良行為。

這是一個突破。我們通常認為，道德來自一個人的內在性格，而不是他們的運氣。但在許多相近主題的單篇論文中，哲學家湯瑪斯・內格爾（Thomas Nagel）和伯納德・威廉士（Bernard Williams）都明確表示，你的行為是否符合道德就跟紙牌遊戲一樣取決於機會。[28]我父親的中產階級地位不僅讓他能夠抵制偷竊的誘惑，他的舒適生活也意味著他一點也不覺得那是誘惑。但是，如果生活給了他一副糟糕的牌（包括構成我們所有心理特徵的基因牌），他就會感受到更大的犯罪誘惑還有更強烈的妥協的理由。

如果這看起來不像是哲學突破，更像是某種顯而易見的論點，那麼請想像一下有對雙胞胎兄弟生活在二戰前的德國。[29]這兩位年輕人在道德行為的本質和養育基礎上的所有條件實際上是相同的，但在納粹上台前幾年，一位兄弟搬到美國尋找工作，另一個兄弟留在原地。二戰爆發時，雙胞胎為各自的陣營而戰。因此，一個兄弟身為卑劣的衝鋒隊員被載入史冊，另一位則是成為美國最偉大一代的英雄被載入史冊。

但是我們怎麼能譴責或慶祝任何一個兄弟的成就呢？每個兄弟的選擇幾乎完全取

決於他的環境，而不是某種內在的道德指南針。如果這位美國兄弟碰巧留在了德國，情況就會使他站在歷史錯誤的那一邊；如果那個留在德國的兄弟，反而跟著他的雙胞胎去了美國，他可能也會成為英雄。

要將行為歸類為道德或不道德，必須是基於擁有**真正的**選擇之上。如果有人壓倒你，強行把槍塞到你手裡，讓你扣動扳機，沒有人會責備你。我們可以合理地爭辯說，雙胞胎兄弟在這件事上並沒有真正的選擇，譴責其中一個的同時歌頌另一個，道德上看來是愚蠢的，但在情感上卻帶給人滿足感。事實上這兩位兄弟都不應該被稱讚或責備。

很多人會抗議說，德國的那位雙胞胎之一應該被抵制，他應該要看到納粹政權的邪惡。但他怎麼可能做得到？他生活在法西斯版本的《楚門的世界》（*The Truman Show*）中，投入的一切都換來同樣的故事。我們許多人都希望能這麼想像，如果我們站在德國兄弟的立場上，就會逮住意識形態的邪惡，看穿政治宣傳，並在軍國主義和仇恨的高漲浪潮中堅強起來。如果我們夠不要臉，我們甚至會幻想自己像英雄一樣跳起來抵抗，然後被打倒成為烈士。

但這是可悲的虛榮心。令人驚訝的是，很少有德國人能夠抵抗，更不用說反抗納粹時代的熱情了。[30]他們被史詩般的英雄主義和邪惡故事所吸引，故事暫停了他們抱持懷疑的能力。而那些無法停止懷疑的人大多害怕服從——畢竟他們對抗的是納粹。

關於納粹最嚇人的罪行，或者你能說出的其他邪惡例子，大多都不是由講故事的人告訴我們的那些邪惡犯人所犯下的，而是由像我們這樣的普通人所犯。

那麼，當談到奴隸制時，我們在什麼意義上可以聲稱我們的歐洲祖先購買並使用了一千兩百五十萬非洲奴隸的道德優越性？在什麼意義上，我們比我們的非洲祖先更好，他們自己至少一千年來不斷地使用和虐待數百萬被奴役的人，同時還向西方及全世界出口了數以百萬計的奴隸？*

我們只能在這種有限的意義上聲稱道德優越。我們現在知道了祖先不知道的事情：奴隸制絕對是錯誤的。但這種道德優勢如此薄弱，完全取決於運氣。如果你在二十紀初

* 歷史學家不支持非洲只是大西洋奴隸貿易受害者的普遍觀點。特雷弗．伯納德（Trevor Burnard）總結了學術界的共識：「歷史學家最近的研究表明，決定大西洋奴隸貿易形態的關鍵人物是非洲商人和統治者。歐洲人在忍受苦難後來到非洲，並依賴當地領導人獲得包括奴隸在內的貨物……貿易行為通常遵循非洲的指令，直到歐洲殖民主義從十九世紀後期真正開始，到那時大西洋奴隸貿易已經基本結束。」簡而言之，學者們認為大西洋奴隸貿易不是歐洲人對非洲人所做的事情。這是強大的非洲人和歐洲人對實力較弱的非洲人所做的事情。

出生在德國，道德上來說是倒霉的一邊，你可能會站在納粹一方。如果你在道德方面很不幸地是十九世紀中葉出生在南方的白人，則可能會站在邦聯那邊。如果你是十八世紀或十九世紀出生在西非達荷美王國的強者，你可能會是一個可怕而無情的奴隸掠奪者，並且每年都會透過儀式化的屠殺，以數百甚至數千名俘虜的性命來取悅你的國王。[31]顯然，這些實例可以延伸到近乎無限的長度，人類血腥史冊中的每一種文化中幾乎都能找到案例。

納粹、邦聯白人至上主義者和貝南共和國戰士的行為對我們來說是邪惡的，但對他們來說卻是正常的，是合乎道德的。他們不是比我們更壞的人。他們只是在道德上來說不幸出生在我們現在看到的文化中，錯誤地將壞定義為好。如果我們出生在這樣的環境中，很可能也會以同樣的方式行事。

總有一天，我們的後代會回顧並譴責我們當中最開明的人，不僅僅是因為我們已知道的罪過（例如工廠化農業或失控的碳經濟），而是因為他們認為我們**應該要**知道後果。他們會因我們對待彼此的邪惡方式，以及我們虛偽的道德判斷感到震驚。白人和黑人、藍人和紅人、信徒和非信徒、女人和男人在彼此的道德劇中都扮演著諷刺的反派角色。當我們扮演反派時，會去人性化，並給自己一個免費的通行證，讓自己沉浸在我們神聖的肉慾和仇恨之中。在這樣做的過程中，我們把自己變成了惡棍。

這並不意味著我們不應該說出祖先的不良行為，或者我們可以推卸賠償責任。這意味著我們不應該混淆道德上的好運與道德的美德。這就像譴責一個必須每天偷麵包吃的窮人、讚揚一個沒有必要偷食物的人一樣愚蠢。

那麼，這種思考過去的方式所需要的，就是對魔鬼的同情。我們被鼓勵去同情可憐的人，像是弱者、窮人、被束縛的人、受害者。這在道德上的必要性並不難理解，它包含在永恆的倫理智慧中：「為了上帝的恩典，我才會去。」但當談到歷史上的惡棍和加害者時，我們缺乏同理心的想像力。我們不會承認，當涉及到奴隸主、審判者、征服者和種族滅絕者時，如果不是上帝的恩典，我們顯然也會去到那裡。魔鬼不是「他者」；魔鬼就是我們。如果出生在他的環境中，他就是我本來會成為的人——也是你本來會成為的人。

# 第六章

# 故事會讓現實終結

## ——活在他人精心打造的故事王國

人類世界不是由人組成，而是由故事組成。
故事中的人們不需要被責難。

——大衛・米契爾（David Mitchell），《幽靈代筆》（*Ghostwritten*）

一九四四年，心理學家弗里茨・海德（Fritz Heider）和研究助理瑪麗安・西梅爾（Marianne Simmel）製作了一部非常短、非常粗糙的動畫電影。[1]他們用硬紙板剪下幾何圖形，然後用定格動畫技術在透明玻璃上移動它們。由此產生的無聲電影顯示了一個小三角形、一個大三角形和一個小圓圈在一個矩形周圍忙碌地移動。矩形的其中一側掀起又蓋上，有時會有幾何圖形滑入其中。在影片的最後，小圓圈和小三角形消失在螢幕外，大三角形和大矩形相撞直至破裂。海德和西梅爾向一百一十四名研究對象展示了這部電影，研究對象僅需要描述他們所看到的畫面。（有興趣的讀者請花九十秒時間在YouTube上觀看海德和西梅爾 [Heider and Simmel] 的影片。）

我第一次看到這部短片大約是在它製作完成六十五年後，並欣喜地看著簡單的幾何圖形變成了一個經典的三幕愛情故事。第一幕：小圓圈和小三角兩個戀人並排移動到螢幕上。第二幕：大三角也喜歡小圓圈。他用他尖尖的鼻子把這對戀人分開，然後追趕小圓圈到他的房子裡（不斷翻動的大矩形），在那裡他試圖把她困在一個角落。第三幕：讓我鬆了一口氣的是，小圓圈溜過好色的大三角，在外面與她的伴侶重聚。他們並肩繞著房子跑，大三角緊追不捨。最後，這對戀人逃離了螢幕。大三角憤怒又沮喪，猛烈撞擊他家的牆壁，直到最終倒塌。

我給我的學生看這部電影時，他們的反應令我驚訝和困惑。有些人和我一樣看到了一則愛情故事，其他人則確信他們先前看過一部骯髒的家庭劇或類似於《三個臭皮匠》的鬧劇。我應該要著迷於這部電影的羅夏墨跡測驗元素，但我沒有——至少一開始沒有。我的學生沒看到我所知道的，海德和西梅爾試圖講述一則「真實」故事，這讓我感到非常沮喪。

當時我對海德和西梅爾的影片了解得不多，只能在YouTube看，也從未讀過原始的科學論文。看了論文後，我尷尬地發現我的學生並沒有搞錯電影；是我搞錯了。幾年後，我才意識到這部電影是故事悖論的有力例證：它揭示了我們作為講故事動物的本性奇妙之處，同時也暗示了一些極其可怕的東西——像是人類最大、最深的罪惡根源。

儘管在一九四四年論文中沒有顯示這點，海德後來在他的自傳中解釋，當他構思這部著名的電影時，確實有個模糊的故事情境。「當我計劃電影的動作時，」海德寫道，「我認為小三角和小圓圈是一對戀人或朋友，而大三角是介入他們的惡霸。」[2] 由此可見，海德並沒有想像一個明確的情節，而是想像了一個由結構、衝突和解決方案組成的開放式作品，各種基本情節都能套用其中，包括海德所想的好友或是浪漫的情節。

撇除其內在的模糊性，這部電影仍然解釋了令人印象深刻的觀點融合。例如，在最初的實驗中，觀看這部電影的一百一十四人中，有百分之九十七的人確實看到了一則故事。此外，人們看到的故事有很強的規律性。首先，儘管幾何形狀的外型和移動像是匆匆忙忙的甲蟲，但幾乎每個人都會自然而然地認為它們並不是蟲子，而是產生衝突的人。大多數觀眾會自動以相同的方式對這些形狀進行性別劃分——圓形的女性，長型的是男性。最重要的是，在絕大多數情況下，人們都同意基本的主角與對手競爭情節：大三角是壞人，兩個較小的圖形是好人。他們還傾向於賦予這些形狀相似的性格特徵：大三角是一個惡霸，小圓圈是膽小鬼。

但這樣的解釋上同樣也有令人顯著的意見分歧。例如，雖然人們最常看到的故事確實是三角戀，但並不總是我想的那種三角戀。有些觀眾認為大三角是被小三角戴綠帽的受害者。其他人覺得小圓圈想和大三角在一起。他，而不是她，才是不情願的一方。但更多時候，觀眾根本沒看到愛情故事。一些觀眾看到了一個大三角虐待家人的家庭暴力故事。其他人則將大三角視為被小人國入侵者騷擾的無害傻瓜。有一位觀眾覺得大三角是個女巫，試圖抓住兩個孩子。

多年來，我在課堂和公開演講中多次非正式複製了海德和西梅爾的實驗，參與者總數達到數千人。我喜歡觀眾將特殊的故事和意義投射到如此簡單的幾何圖形上的方式。各式各樣的反應表明，當我們看這部電影時，我們不是在體驗故事，而是透過一系列不可阻擋的大腦反射來**創造**故事。

即使電影倒帶，即使心理學家沒有解釋明確的情節或意義，人們仍然會看到故事。當我倒帶看這部電影時，我希望看到我的三角戀故事跟著倒轉——就像在 VCR 磁帶上按倒帶。取而代之的是，我看著我的愛情故事消失在《發條橘子》（*A Clockwork Orange*）的畫面中，以前侵略性滿點的大三角（現在是我的呆板主角）被一對野蠻的無政府恐怖分子騷擾。

這裡的重點不限於人們如何解釋簡單的動畫。關鍵是，這就是講故事的動物一直在做的事情：我們試圖將故事結構中有意義和令人欣慰的規律強加在模糊的情節中。由於我們思想和經驗的差異，我們肯定不會看到同樣的故事——就跟觀看著名的電影一樣。

此外，儘管我們如何解釋原始動畫不重要，但這樣的效果在相當重要的經驗領域中仍會引發暴亂，尤其是因為我們看到的故事可能會引起分歧。當我們經歷混亂的事件時，自然會構建故事來為混亂帶來秩序。而且，就像針對海德和西梅爾影片的所有最典型的反應一樣，我們傾向於將混亂化解為道德主義的三元論：受害者、惡棍和英雄。

海德－西梅爾效應揭示的故事心理並不是萬惡的源頭，但這個不起眼的實驗挖掘出了最悲慘類型的根源：原本善良的人被捲入事件的類型。我指的是人類傾向於無緣無故地關注一個故事，讓它頑強堅定地構建我們的世界觀，讓它在世界上投射出並不存在的事實模式。

每次我播放海德和西梅爾的影片，關於「真實故事」的辯論總是喧鬧不已，不過這些討論都是相當友好且輕鬆的。不論是智力上還是情感上，人們都不會執著於他們的解釋中。但是，如果你將電影所揭示的相同故事心理轉化為有個可以想像得出的明確真相，且風險高於動畫給出的解釋，人們便會捍衛自己的觀點並展開爭論。

有時在我看來，我所說的海德－西梅爾效應，也就是我們都看著同一部電影，但看見不同的故事，足以解釋現代生活中洶湧的憤怒和混亂的一切。這種因技術和文化劇變而增強的效應有助於解釋，為什麼我們現在很難就現實的基本形態達成共識。

## 你沒有故事……故事中有你

我在本書中介紹的科學，有助於對人們如何做出決定和改變主意進行大規模且持續的重新評估。舊的觀點反映在我們以一種強烈的自尊心，替我們這物種起的名字中：智人，有智慧的人。根據這種觀點，人類獨有的特徵便是我們的理性。我們的思想會按照優先順序，排第一的是基於仔細評估證據後得出的真實結論。但是，為什麼我們的推理能力會以各種可以預期的方式偏向錯誤呢？[3]

在二〇一七年出版的《理性之謎》（*The Enigma of Reason*）中，心理學家雨果・梅西耶（Hugo Mercier）和丹・斯珀伯（Dan Sperber）提出了一個事後諸葛的問題：如果我們搞錯了人類理性的原因怎麼辦？如果我們將人們馬虎的推理能力歸咎於不清楚其真正的用途呢？

梅西耶和斯珀伯提出，理性是一種工具，它的進化不是為了確定客觀真理，而是作為社會競爭的利劍和盾牌——在爭論中發動攻擊的利劍和防禦的盾牌。從這個角度來看，大腦中明顯的錯誤，比方說確認偏差，實際上是大腦功能良好的特徵。智人與其說是一種理性的動物，不如說是一種**合理化**的動物。合理化是我們用來說服自己的說詞，並希望世界萬物都相信我們的推理是明智的。這一切就是靈長類動物最重要的事情，不是哲學家所追求的抽象真理，而是要說服他人。

故事是為了理解世界。它透過簡化世界來做到這一點。所有的故事都是還原論的。一旦我們有了一個為我們的存在賦予連貫性和秩序的故事，通常就會以幾近盲目的活力來捍衛它。失去一個人的特殊故事，就像是突然沒了引力，意義也跟著迅速消失。這是一種令人作嘔的感覺，我們中的大多數人一生都在確保它永遠不會發生。為了達到這一點，我們的心力不是用來測試故事，而是用來保護它們。

在故事變得宛如教條之前，至少我們已經先理性地形塑了自己的故事，這是一件很美好的事情。故事形成的理性過程是這樣的：我們遊走在世界各地時發現了事實，然後發展成故事以理解它們。但我們印象中的故事更像是舊書店中代代相傳的骯髒平裝本。我們拿起書，我們讀了這個故事，然後故事變成了我們的現實。有時候我們可能會在頁邊空白處草草寫下對異議的感嘆；有時，我們中的一些人試圖在最後的扉頁中創作全新的章節；但我們大多數人都活在讀到的故事中。

當我們口語地說「莎莉有一個故事」時，無論這則故事來自馬克思主義、伊斯蘭主義、女權主義、自由主義還是飛天義大利麵神教，我們的意思是，莎莉的信念是來自於特定的世界如何演變成一則故事。對於我們應該如何行事，她的觀念也是以故事為基礎。但至少可以這麼說，**故事中有她**。一旦一則強而有力的故事佔據了莎莉的心緒，這則故事就掌控了這個軀體。她並沒有根據事實來構建故事，而是故事選擇和塑造了莎莉即將接受的事實。我不否認有些故事相較其他更為真實也更有用。我的意思是，我們有一種無法治癒的傾向，即把更多雜亂的現實塞進我們預製的故事模型中，而我們並不應該這麼做。

例如，在我寫這本書的最後幾週，那些認為二〇二〇年總統大選被操縱的抗議者奮力闖入美國國會大廈。數以千萬計的美國人觀看了同一幕混亂鏡頭，卻看到了截然不同的電影情節，這是一場真實的、實境演出的海德和西梅爾實驗。

對於左翼人士，尤其是有色人種來說，最先跳出來的畫面是警察對於種族主義的雙重標準。他們聲稱，國會大廈的捍衛者溫和地對待大多數白人抗議者，但在前一年的「黑人的命也是命」（Black Lives Matter）抗議活動中卻擊打抗議者頭部。如果抗議者主要是黑人和深色人種（根據新聞報導、專欄和包括喬・拜登在內的政界人士的聲明），警察顯然會激烈對抗。為什麼美國看不到這一點？

對於其他人，尤其是白人和政治溫和派來說，這種結構性種族主義的陳述純屬無稽之談。警察沒有猛烈擊退人群顯然不能代表種族主義雙重標準，只是人數眾多的警察已經被成千上萬憤怒的叛亂分子擊潰。一開始警察被暴徒攻擊，然後又被權威人士和總統當選人抨擊。雪上加霜啊！為何左派人士要把所有事情都扯上種族主義？

當抗議變成暴力騷動時，大多數共和黨人驚恐地觀看了這段影片。但他們中的許多人同樣因一事感到震驚，左派媒體竟然會把所有的責任都歸咎於他們的總統。（這算是新鮮事嗎？）總統是要支持者抗議黑箱作業，而不是暴動！他的評論很完美！就一次，媒體就不能誠實地報導總統嗎？

一小部分的共和黨人根本沒有看到任何恐怖的畫面。他們觀看了一部激勵人心的動作片，講述了自麻薩諸塞州民兵在列克星敦和康科特反對英國暴政以來最純粹的愛國主義行動。

最後，蓬勃發展的匿名者Q極右翼陰謀論派的人以機靈的目光審視了混亂局面。透過針對幾分鐘影像的仔細研究，他們發現了無可辯駁的證據，證明整個國會大廈的襲擊是由反法西斯主義運動和「黑人的命也是命」的激進分子進行的栽贓行動，目的不僅是抹黑總統和他的擁護者，而且還驚人地讓針對政變發動的愛國抵抗成為實際的政變。

我並不是說這件事的真相無從得知。無論需要一年、十年還是一代人，美國的血液都有望冷卻，對這個分裂的情節達成共識，就像其他的事件一樣：辛普森殺妻案；伊拉克戰爭不是個好主意；國會大廈暴動或煽動它發生的虛構言詞沒有任何好處。

人類的頭腦厭惡缺乏故事的感覺。因此，當我們看到世界上發生的混亂事件時，便會拿出我們預先製作好且方便套用的故事模型，並猛力將它們套用在混亂之上。或者，我們會將可靠的訊息來源來套用在我們喜歡的故事上。無論哪種方式，我們都會得到我們最喜歡的故事的淘汰複製品，它們會混合或刪除任何不合適的內容。在這樣的風潮中，我們用自己的故事模式來為真實性捏造證據。我相信幾乎每個人都會同意，這就是故事心理學的運作方式。很好，我們有共識。有問題的是，幾乎每個人都會發出這樣的警告：我用來塑造現實的故事和其他人不同，我的故事是千真萬確的。

## 不自由的意志

心理學實驗室或國會大廈騷亂等現實生活中展現了海德－西梅爾效應，表明當我們放眼世界時，幾乎沒有控制湧入腦海中的故事。這很令人不安，其實際的影響可能會導致嚴重的分歧。但是，了解海德－西梅爾效應可以帶來一些好處：以一種更具建設性和富有同情心的方式來看待我們原先反對的故事，以及該故事的驅動力。

想一下你自己的政治取向，這在很大程度上決定了什麼樣的故事定義你的現實。雙胞胎研究表明，無論你是處在左派或右派的意識形態譜系中，你的基因都該付起百分之三十到五十的責任。[4]若不是你身處的環境，包含你的文化、你的家庭和你成長的故事，其他百分之五十到七十的原因是什麼？

我們都是遺傳學和社會條件的某種結合的產物，這意味著我們的個人傾向和特徵不是自己選擇的。例如你沒有選擇你的大腦，你沒有選擇你的父母、他們給你的基因或他們養育你的方式，你沒有選擇不是生來就注定要當心理醫生，你也沒有選擇反對引領你將來成為心理醫生的恐怖童年。你沒有選擇不出生在一個極度貧困和無知的地方，如此你現在閱讀這本書的可能性會非常小。你沒有明智地選擇以基因為基礎的性格特徵，像是溫暖或冷漠、緊繃或鬆散、好奇或封閉、衝動或自制，使你成為任何人，比如從懶惰的戒菸者到堅韌不拔的贏家。

這裡不是要就自由意志進行辯論。*

我只是想說，研究表明，我們的意志遠沒有我們大多數人想像的那麼自由。這是一個令人毛骨悚然的事實：如果你能夠連接到適當的實驗室設備，神經科學家將能夠讓

* 如果你想花時間大費周章做這些辯論，我建議從兩本從不費力的書開始：想看概要，可閱讀山姆．哈里斯（Sam Harris）的《自由意志》（*Free Will*），另一則是完整的八百頁科學案例，羅伯特．薩波斯基（Robert Sapolsky）的《行為》（*Behave*）。有關人類行為的無意識驅動因素的補充研究的經典概述，請參閱丹尼爾．康納曼的《快思慢想》。

你在意識到自己做出選擇之前，讓你看到大腦做出決定的過程（比如擺動你的手腕）。「有一個事實現在似乎是無可爭辯的，」神經科學家山姆．哈里斯寫道，「在你意識到接下來要做什麼之前的一些時刻，主觀看來你的大腦已經決定了你要做什麼，你似乎有完全的自由可以隨心所欲，然後你將意識到這個『決定』，並相信自己正在進行『做決定』這個動作。」[5]再強調一次，這裡不討論所有複雜細節，但這些神經科學實驗與人類科學中的大量研究相一致，表明我們的行為很大程度上是由有意識的頭腦沒有發現的隱密衝動所驅使。[6]

我們大多數人強烈反對不自由意志的概念，尤其是因為它與我們控制自己思想的主觀感受大相逕庭。人們還擔心，非自由意志學說會演變成道德相對主義甚至虛無主義。質疑自由意志確實有非常重要的道德含義，但他們也絕非壞事。再次引用哈里斯的話：「我認為失去自由意志感只會改善我的道德，讓我更懂得同情和寬恕的感覺，並減少認為擁有好運是天經地義的事。」[7]

讓我盡可能明確地陳述我的觀點：所有證據都表明，我們無需為腦袋裡堆積如山的明智或愚蠢的故事負責，就像地球上的某一處窪地也不是導致海水純淨或散發惡臭的原因一樣。如果這是真的，它挑戰了一些由故事心理學引發的最深刻、最珍貴的幻想。如果自由意志（我們通常認為的那樣）不是真實的，那麼惡棍（我們通常認為的那樣）也不是真實的。

這樣說吧：我們幾乎都沒有發現充滿我們頭腦內的訊息。我們的知識絕大多數都是人們告訴我們的事情，而其中大部分是可疑的。這意味著人們抱持著「錯誤」的信念，主要是因為他們相信了錯誤的專家。因此，我們應該努力將我們對信仰真實性的判斷與我們對信仰持有者的道德判斷分開。我們很自然地得出結論，有壞信念的人就是壞人。但這個結論是完全不合邏輯的。「壞人」主要都是那些不幸先遇到、然後相信錯誤的故事講述者的人。

這樣的思維方式使我們不再簡化和撫慰虛構的故事，同時也不再執迷於偽善。但它留下了更好的東西：更仁慈的看待人類行為，並有機會相互溝通。當「他們」（無論你說的「他們」是誰）放眼世界，看到了與你自己的故事大相逕庭的故事，你會發現那些故事也許值得同情、有時值得害怕，但不應該被鄙視。如果你這樣想，那麼「他們」更有可能同樣禮貌地對待你。

## 故事宇宙

列夫．托爾斯泰頌揚藝術，特別是他自己的故事藝術形式，「將人類結合起來的一種方式，讓他們擁有相同感受，個人和人類福祉的生活和進步都不可少了他們。」[8]

一個世紀後，馬克．祖克柏（Mark Zuckerberg）著迷於一個類似的夢想。臉書的誕生聲名狼藉，它最開始是從祖克柏宿舍裡推出，用來替哈佛女學生的性感程度進行排名。但幾年後，這種幼稚且有辱人格的技術被重新改造並重新命名，成了家人和朋友之間的橋樑。很快地，祖克柏就坦率地用烏托邦式的術語談論他的網站。透過將全人類連接在一個網路中，我們分享我們的故事、想法和感受，臉書幫助我們相互理解、化解舊的偏見和誤解，和諧與幸福的浪潮相應提升。

祖克柏呈現了二十一世紀版本的托爾斯泰觀點，而且也表達了馬素．麥克魯漢（Marshall Mcluhan）的「地球村」想法。[9]麥克魯漢認為，廣播、電影、電視和印刷故事等大眾媒體令人驚嘆的新技術正在讓世界公民沉浸在相同的價值觀和故事中，將我們所有人聚集成一個人類集體。

在廣播時代的鼎盛時期，數以千萬計的人經常觀看同樣的電視電影、聽同樣的新聞和電台的歌曲，麥克魯漢的願景似乎成真了。消費同樣的大眾媒體使我們遠離極端，走向中間。[10]為此，廣播時代的講故事行為被大大譴責，尤其左翼知識分子認為這是一種可怕的整合技術。據說，特別是電視以被殭屍化、迎合白人中產階級的口味洗腦了大眾。我們該擔心的不是批評者說錯了，而是他們沒發現替代方案可能更糟。

即使在廣播時代的鼎盛時期，我們也不是生活在同一個虛擬村莊。但我們確實生活在同一個故事情節中，而且很難脫離其中。「故事宇宙」是我為任何媒體形式的故事所創造的心理、情感和想像空間的術語，從我們童年的睡前故事到網飛、Instagram 和有線電視新聞上的故事，再到我們於禮拜場所聽到的佈道。我們的故事不是「現實」，而是我們因應不同人的個性化版本。這些故事的規律通常由一組主要的故事（或有時只有一個）決定，就像解密鑰匙一樣，決定了我們如何理解周圍的一切。

儘管我們之中很少有人知道這一點，但大多數人的生活都被故事宇宙黏著的網絡弄得一團糟，將現實扭曲融入到我們的故事中，而不是反過來。更令人不安的是，人類可以居住在完全相同的物理現實中，但卻生活在彼此陌生的故事宇宙中。這似乎是個複雜的想法，但任何看過福克斯新聞，然後又看了一段時間 MSNBC 的人都明白我的意思：雖然我們都認為我們生活在正確的一面，但悲慘的是其實很多人都生活在反面。

如果你曾經和一個熟人交談過，這個人不是沒吃藥的偏執型精神分裂症，但仍然密切關注匿名者Q陰謀故事的大規模幻覺，此故事是關於正義的一方正在對抗戀童癖食人族的撒旦軍隊，爭相要統治世界。和這人交談你能更理解故事宇宙的概念，在這兩個例子中，我們看到群體在不同的故事中相互孤立，受外星物理學支配、受到不同惡棍的威脅、看到不同的英雄競相拯救世界。

透過跨越國界傳播聯繫和禮讓，祖克柏的技術應該反映了麥克魯漢的地球村心願。它已經完成了相反的事情。因為這些數據僅僅是有些關聯因此無法完全證實，但我認為社交媒體的興起與美國及世界大部分地區的社會不穩定的大爆炸與兩極分化絕對相關，這並非巧合。祖克柏的技術，以及網路上的許多其他技術，最終比大一統機器更有威脅性，更擅長炸毀橋樑而不是建造橋樑。正如電腦科學家杰倫．拉尼爾（Jaron Lanier）所說，社交媒體的興起恰逢「人類負面情緒爆炸式放大」。[11]

原因之一是，在過去幾十萬年的任何時間裡，如果你能漂浮在地球上空，你會看到人們相聚圍坐大草原篝火、劇院舞台、喧鬧的收音機和發光的電視周圍。但是，如果你能夠漂浮在現代住宅的屋頂上（且有X光透視能力），你會看到人們比以往任何時候都更喜歡講故事。但大多數情況下，他們會獨自做這件事，比如盯著螢幕或戴耳機收聽播客。故事甚至不再將家庭內部聯繫在一起，更別說是全球了。

在所謂的電視網路時代，當三大廣播公司（ABC、CBS、NBC）主導電視製作時，必須針對不同的口味調整節目。這讓《家有阿福》（*Alf*）和《與天使有約》（*Touched by an Angel*）這樣蹩腳的「最小公分母」節目創造了極大市場。但這些蹩腳故事都是有凝聚力的。

從前古騰堡時代正式的講故事方式在小團體中廣為流行，到廣播時代的大量聽觀眾，再到故事「窄播」的新時代，代表了人類生活翻天覆地的變化。這相當於一個似乎正在出錯的危險社會實驗。正如詹姆斯・波涅沃維克（James Poniewozik）所說，故事已經從偉大的團結者變成了偉大的分裂者。[12]

故事曾經把我們都拉到中間，讓我們更加相似。現在我們都在自己的小故事宇宙中，故事不但沒有讓我們變得更相似，反而讓我們成為更極端的自己。它使我們能夠生活在故事世界中，從而加強我們的偏見，而不是質疑它們。最終的結果是，我們在故事王國所聽到一切只會讓我更像我，而你更像你，還使「我們」成為更極端的「我們」，「他們」成為更極端的「他們」。

美國自由派和保守派的急劇分化對公民和諧和國家凝聚力釀成了可怕的後果，而這很大程度上是因為每一方都有辦法完全生活在左派或右派的故事中。

## 暗黑運動

那些反對我們正在進入後真相世界的人常會拍桌，說：「當我拍桌子時，你沒聽到這張桌子的響聲嗎？那是因為我的拳頭有真理，桌面有真相！產生聲波的物理學是真實的！造成我骨頭疼痛的生物學是真實的！」

是的，現實是真實的，真理是真實的。但是若沒有人贊同，那又有什麼意義呢？

懷疑是有益的，懷疑使我們謹慎。懷疑使我們對自己的主張謙虛，並對另一種觀點表示善意。懷疑是對狂熱的預防。一個充滿懷疑的世界是一個更好的世界。

·

但事實證明，後真相世界並不是一個大多數人不再相信真相就在眼前的世界，在那裡他們是戴著貝雷帽、身穿高盧裝的後現代相對主義者。相反地，後真相世界是一個更加確定的世界，在這裡，無論你相信哪個瘋狂的故事，都可以用大量類似於實際證據的訊息來支持它。

後真相世界是一個證據不再有力的世界。深入到後真相領域是可怕的，因為它是對證據的承諾，最重要的是，它透過削弱故事的宰制力量將我們從黑暗時代中拯救出來。啟蒙運動有種樂觀的感覺，即世界運行在邏輯原則之上，即使真理羞怯且閃爍其詞，但群體內品德高尚的人使用強大的技術和方法可以控制並使它出聲。這是真正科學的發明。它將黑暗逼退，使我們擺脫了故事的暴政（尤其是宗教基本教義派），並帶來了自啟蒙運動以來我們所知道的繁榮擴張並減輕痛苦。[13]

正是這些證據讓我們得以走出黑暗時代，走向光明。這是科學。現在我們正在離開共享現實的世界。我們正在進入一個夢境，在這個夢境中，判斷真相的依據是何為最好的故事，或者哪個故事得到了最有力的支持，而非何為確鑿的證據。

這是個很可怕的前景。理性啟蒙運動的燭光逐漸熄滅，預示著一種全新的啟示，為我們的偏見、迷信和對部落主義暴力的傾向帶來了新的熱情。在這個虛構的時代，這種危險化身成能帶來益處的偉大英雄，因此，這本書也不可避免地被擬人化了，他是我們故事心理學的所有力量和所有危險的活生生的化身。也許你一直都感覺得到他，站在台下，因為被困在一堆無聊的想法後面許久而沮喪地喘著粗氣。即使在這個小舞台的中心，他也渴望沐浴在陽光下。

是時候了。大喇叭出場的時候到了。

## 美國第一任虛構總統

除了在我寫這本書的最後兩週之外，我最喜歡的虛構人物都住在華盛頓特區賓夕法尼亞大道一六〇〇號。我稱他為大喇叭（Big Blare），當然是因為他很龐大：聲音很大，很高，很寬，而且還很會大叫。我稱他大喇叭是因為他和喇叭用一樣的方式吸引注意力，也像是圖畫中的一抹光，人們的中樞神經系統被迫要注意到他。就算我們刻意想忽略，也會發現他的皮膚、頭髮、聲音和觀點都發出耀眼的螢光。

大喇叭是一個貪婪的怪物，渴望展示手臂上的「漢堡包」、黃金和美女，最重要的是向全世界分享他的自尊。如果我們不能給他應得的愛，至少也要給他同等的仇恨。羞辱他的唯一辦法，就是讓一個地球人走上一整天、整整一小時、整整一分鐘都沒有看到他的臉、或是沒有說出他的名字。

這就是為什麼我不能寫出他的名字的原因。他成為總統的全部原因，以及他每天早上起床的全部原因，都是為了向世界咆哮，要求我們看著他並說出他的名字。這動機蠢的和巨魔及學校槍擊射手沒兩樣。

大喇叭作為總統候選人時被低估，是因為權威人士沒有發現他是個受歡迎的故事講述者，就像文學評論家沒發現像詹姆斯．派特森（James Patterson）這樣備受鄙視的流行小說家的才華一樣。所有專家都可以看到他那糟到令人震驚的演講風格，但不知為何，就是這種無能吸引了所有人的注意力，無論那些人是熱情地注視著，還是以麻木的恐懼觀看。儘管雜亂無章又鬼打牆，他仍然傳達了一個清晰、簡單、充滿原始情感的故事。

大喇叭所說的「讓美國再次偉大」帶有傳奇色彩。由於怯懦、腐敗和陰謀，世界上最偉大的文明已經淪為大屠殺，五彩斑斕的野蠻人從世界的糞坑中噴湧而出，衝破國家的大門，從內部腐蝕它。但美國已準備好再次崛起，我們所需要的只是一位文化英雄來帶領我們回到黃金時代。

大喇叭恰好是我最喜歡的虛構角色類型：怪誕得有喜感，比如《愚人聯盟》（*A Confederacy of Dunces*）偉大的伊格內修斯．賴利；馬丁．艾米斯（Martin Amis）的小說《錢》（*Money*）或他父親金斯利（Kingsley）的小說《一個肥胖英國佬》（*One Fat Britishman*）；你也可能會在湯姆．沃爾夫（Tom Wolfe）的小說、威爾．法瑞爾或丹尼．麥克布萊德主演的鬧劇中看到這種類型。跟這些角色一樣，大喇叭是貪婪、虛榮、墮落、唯我論、自私和不安全感令人難以置信的綜合體，所有這些都是種失控的鄧寧—克魯格式自戀案例。而這場心理病態的完美風暴被包裹在一個如此浮誇的物理人像中，以致於它違反了虛構人物應該具有某種真實世界合理性的規則。

我對大喇叭的唯一問題是，他不知何故逃離了顯然是他應當存在的小說世界，並將用以諷刺美國人的最粗野元素，擬人化成了一個赭色的、腫脹的形象。當他逃跑時，他帶著小說世界，把幾乎一半的國家都困在裡面。

當然了，從理想化的英雄到諷刺的小丑，總統被描繪在小說一直是個傳統。的確，每一位總統候選人都會創造一個角色，並塑造一個關於他或她的生活和願景的真實故事。但是，正如俗話所說，這個遊戲有等級之分。我們實際上選擇了這樣一個毫不害臊的小說人物作為我們的總統，這是我們走出「以現實為基礎」的世界，進入「後真相」世界的終極象徵。

是的，大喇叭是個絕對存在的物理現像。但他一站上公眾的舞台，就一直在虛構故事，將自己策劃成了白手起家的大亨，並在他的書中、他的真人秀節目以及他任期內的三萬多次虛構宣言中將此形象用力推廣給這個半推半就的世界。[14]

大喇叭是一個後現代角色，即使是本色出演，也在瘋狂即興創作屬於自己的無間斷真人秀。他無疑是世界歷史上最成功的故事講述者和最有影響力的人之一。

自從他宣布參選以來的這些年裡，沒有人的名字和臉比他曝光更多次。根據對網路流量和社交媒體的統計分析，二〇一六年的某個時間點，他成為了世界上最著名的人。[15]而現在他又更出名了。

## 天生如此

自二〇一五年宣布參選以來，大喇叭秀就沒有停止過，這是一項大規模且仍在進行的海德－西梅爾實驗，人們觀看相同的畫面，也觀看由複雜的英雄和惡棍組成、故事的道德觀念截然相反的電影。彷彿好像有一組人確信他們正在與威爾．法瑞爾一同觀賞可怕的反烏托邦版本的《銀幕大角頭》（*Anchorman*），而另一組人觀看了相同的影片，但看到的不是可怕的小丑和暴行，而是希望和尊嚴。

有些人看到了歷史上最公然、最有才華的連環騙子，另一些人則看到了一個勇敢說出真相的人。有些人認為破壞者毀壞了珍貴的規範，另一些人看到的是叛逆者願意打破一切以解決問題。有些人認為美國民主面臨最嚴重的威脅，而另一些人則認為民主是最後的希望。

但重要的是，要記住，大喇叭並不總是這樣一個兩極分化的人物。一開始，幾乎所有政治領域的人都覺得大喇叭參選總統不僅僅是一個空想，更是一則笑話。然後，大喇叭採用了講故事的衝突理論，並將其應用到他的總統競選中。就像真人秀節目的參賽者一樣，他意識到，要想贏得上銀幕的時間，最可靠的方法就是當個卑劣小人——搞破壞並引發衝突的壞人。他賭的策略是**永遠的衝突**，新聞媒體從不對禮儀感興趣。

他做得沒錯。在大喇叭競選的早期，新聞機構對共和黨初選中的其他人物，包括許多經驗豐富且負責任的政治家都避而遠之，因為他們無聊得不可原諒。每個網路和報紙都將大喇叭當成一部正在展開的政治劇中的主角，他幾乎每天每小時都會犯下新的暴行，推動新的故事情節。這不是一部緩慢的文學小說，這是一部誇張的政治肥皂劇，而且情節極其曲折。大喇叭當選總統是因為他能夠破解故事心理學，並促使媒體組織（絕大多數由鄙視他的人組成）贈送他數十億美元的免費廣告。

我不能如此責怪新聞媒體幫助大喇叭崛起。他們無法自拔。記者們是非凡的講故事的動物，而他是一個不可抗拒的角色，可以提供無窮無盡的素材給大而豐富的故事。此外，我們都和新聞媒體一樣是共謀。速食公司不會違背我們的意願塞給我們一堆脂肪和糖分，他們只會餵食我們喜歡的東西。讓記者們塞給我們肥膩的蛋白酥皮甜點的原因正是大喇叭。即使我們不喜歡大喇叭，也都喜歡他的節目，流量數字證明了這一點：大喇叭和媒體聯手做了出色的生意，雙方都得到了想要的成果。大喇叭成為宇宙中最大的黑洞，吸引了大量的人類注意力。苦苦掙扎的媒體獲得了一臺情節機器，為他們贏得了更多的流量和更多的錢。[16]最後，他們將一個和卡戴珊擁有同等莊重與文化意義的人變成了地球上最重要、最危險的人。

他一消失，你的生活就會少一個大喇叭。你越厭惡他，就越可能錯過他帶給你的意義。你會同意我的看法的，就算是出於內疚，他也會是你最喜歡的虛構人物。沒有人比他更古怪了，頭髮、膚色、聲音、任性、虛榮，全都沒人比得上。

你會想念這個壞蛋。你會感到悶悶不樂，甚至不知道是不是因為每次他出現在新聞提要時，你都因為怒火飆升而苦惱。他離開後，你會不斷嘗試找回他說的簡單故事，講述像你和你的朋友這樣的好人對抗戴紅帽子壞人的故事。你會試著閱讀關於他的總統任期的諷刺小說，甚至更瘋狂地從歷史和傳記回到那個故事中。

大喇叭是格言「講故事的人統治世界」的典範。正是因為他那幻想家的天賦和那控制故事的才能，讓他獲得了最接近目前世界最能代表統治地位的東西：美國總統。但大喇叭與柏拉圖夢寐以求的講故事的國王類型相去甚遠。柏拉圖最希望的是像現任中國統治者這樣的人：一個被長老會終生培養，以最大理性統治的人。柏拉圖最害怕的就是大喇叭那種講故事的國王：一個天生的煽動者，人生哲學只有利己的目的，且完全受情感和食欲的支配。

大喇叭崛起成為講故事的國王，比任何蘇聯總理、朝鮮金氏王朝、普丁或任何教皇都令人印象深刻。這是因為大喇叭在建立和維持他的個人崇拜時，受到憲法對權力分立和新聞自由保證的限制。與以往的說故事之王不同，他在說故事這方面沒有任何壟斷地位。他的故事必須有效，儘管在大多數故事的王國中，即使故事沒有效果，也能說服人假裝相信。

大喇叭必須在完全自由的講故事市場中與他人競爭並取勝，而這正是最令人驚奇的部分：他做到了。尤其是二〇一六年競選初期，是他孤身對抗整個受人尊敬的講故事聯合世界——自由派和保守派，最後他贏了。

我並沒有忘記（儘管老實說幾乎是這樣）我違反了自己的原則，不僅將第四十五任總統塑造成反派，而且還呼應了他公然的幼稚與殘忍。這種研究密集型的書是作者花費很長一段時間寫成的，隨著作者的學習、他或她的思想發展越趨成熟。最後，作者通常會回頭檢視舊的頁面，並將全部提升到全新的層次。這樣一來，作者就產生了這樣一種錯覺，即這本書一下子就從他或她的腦海中跳了出來，完全成型，而不是花費數月或數年的時間逐漸清晰的漫長過程。

關於第四十五任總統的文章，在我的寫作過程中很早就粗略了有了大綱，然後隨著事件的發展而更新。我寫的內容中，大部分關於打造沒有壞蛋的歷史的願望都是在接近尾聲時想出的。在我最後一次的修改中，我將大喇叭的描寫改得委婉一點。但我選擇不模糊所有粗暴的字句，以說明我將在結語中更充分闡述這點：很難讓故事心理學抽離其最深、最古老的慣例。宣揚改革我們構建故事的方式上很容易，但要實踐卻很難。

在二〇二〇年總統大選之前，我完成了我對於大喇叭的描繪。從那以後，他繼續提供素材給令人震驚的曲折故事。在喬．拜登就職典禮之前，他有一段過渡期，即興創作了一則大規模的煽動性陰謀故事，大致如下：我的選票無疑被偷走了，但敵人如此狡猾，以致於他們沒有留下任何證據。

儘管共和黨和民主黨法官拋出了幾十條總統相關的法律條文對抗指控，但他的故事已經成功使百分之七十的共和黨人停止懷疑，他們向民意調查者表達對選舉完整性的質疑。正如我們所見，有些人如此狂熱地相信這個故事，以致於他們圍攻、洗劫和掠奪了美國國會大廈。[17]在二〇二一年一月下旬，兩萬五千名國民警衛隊駐紮在國會大廈周圍，以阻止由美國同胞組成的叛亂軍隊攻擊政府。我在前一章中擔憂故事內戰變得更加危險，看起來似乎沒那麼歇斯底里了。大喇叭的消失對於以現實為基礎的世界是個好兆頭，但並非全方位的。想想看，要打敗他需要什麼。結果，美國歷史有了最高的選民投票率（如果拜登在亞利桑那州、威斯康辛州和喬治亞州等搖擺州贏得的選票少了四萬六千票，這場競選就會以和局告終）。而這實則是由 Covid-19 形式的現實起義所推動，這是在反對大喇叭所說的故事。如果總統沒有對這百年一度的瘟疫如此無能，很可能可以連任。

即使現在他離開了白宮，只要他（或他的運動）存在，大喇叭將繼續作為流亡中的講故事者之王統治紅色美國，對我們的生活和財富施加巨大的影響。歷史學家對他的印象可能不是因為他在任期內的具體行動，甚至沒有煽動起義，而是因為他教導美國政客現實是多麼脆弱易碎，以及它是多麼容易被正確類型的虛構情節所壓垮。此外，他相信自己二〇二四年可以再次贏得選舉，就和二〇一六年當選的原因一樣：記者們無法抗拒讓他成為戲劇界的明星。[18]

即使在暴亂、第二次彈劾和他失去推特發言權之後看來，第二任期似乎不太可能，但大喇叭在共和黨人中仍有百分之七十五的支持率。這使他即使不是過去和未來的紅色美國講故事者之王，也可以是造就帝王之人。現在看來，大喇叭要麼將成為二〇二四年的共和黨候選人，要麼他將選擇一個最符合他形象的候選人。

## 一場學術改革

柏拉圖對很多事情的看法都錯了，但他那本令人失望、困惑、而且可能有點邪惡的書如此受人到敬重是有原因的。《理想國》追求的是我們都想要的東西：一個經過邏輯設計的世界，為最大多數人實現最大利益。我們都喜歡故事，但幾乎沒有人真的希望最好的故事講述者藉由激發我們的情緒和抑制我們的邏輯思考來統治世界。

我們需要更多理由活在這個世界，但我們取得理由的主要方式不是藉由抨擊故事。柏拉圖想驅逐任何不願為了國家需要揮動羽毛筆的說故事者，藉此削弱講故事者的統治。他想刪改或燒毀自由詩人時代所寫的一切；他希望國家對講故事的風格進行強有力的控制，禁止講故事的人用煽動情緒的技巧，使得故事在我們的腦海中宛如有了生命。此後，歷史上所有最好的反烏托邦，從朝鮮、蘇聯、毛澤東時代的中國、納粹德國到紅色高棉統治下的柬埔寨，都嘗試了該實驗的變體，且皆是以史詩般的悲劇告終。

要想建立一個人們生活在相同的、基於理性的故事中的文明，不應該是削弱我們與故事的聯繫，而是改善我們與故事的失衡關係，也就是我們的邏輯理智。最重要的是，我們需要加倍投入科學，因為科學是為了對抗故事。

科學是一個理想國，遵循柏拉圖最初驅逐說故事者的衝動。講故事可以用來教導非科學家，但無法用在科學家用以區分真實與虛假、緩慢且繁瑣的工作。故事出現在科學論文中，但主要是為了用在潛在的偽造測試中。歸根結底，科學是人類設計出最可靠的方法，用於找出現實的故事中哪些是真實的，哪些是虛假的。當然，沒有人認為科學是完美的，因為它是由有缺陷的人類所創造。但是，即使是最嚴厲的科學批評者也不會想回到科學前的時代。科學是一種工具，它迫使我們看到我們面前的實際情況，而不是我們的自負和故事希望我們看到的東西。科學是我們擁有最有力的方式，防止故事在我們的生活中不受約束地暴動。

而我們能夠在這個後真相時刻倖存下來並集體回歸現實世界，很大程度取決於我們能否回到一個科學和其他強大形式的經驗主義重新獲得權威的世界。為了實現這一點，必須改變會說實話的主要機構。

學術界和新聞界對民主發揮了不可或缺的作用。新聞業講述每天世界上發生的真實事情，大學系統充滿了受過大量教育的科學家和學者，他們的任務是提供我們對經濟體系、性別安排、人類心理、氣候變化背後的變因、藝術的功能等等真相的最嚴謹可靠的評估。如果新聞業和學術界按應有的方式運作，他們就可以在民主的故事戰中充當仲裁者。如果沒有能夠提供可靠訊息來解決爭端的機構，就沒有辦法結束一場沒有真正戰鬥的故事戰，也沒有辦法結束一場將社會凍結在原地並使其在面臨問題時束手無策的冷戰。這種求真使命是學術界和新聞界神聖不可缺少的社會角色。如果我們做得夠好，就不會急劇退後到後真相狀態。

主流媒體中的自由主義偏見概念是右翼政治的口號，但這並不代表它是不真實的。在主流媒體工作的註冊民主黨人（百分之二十八）是註冊共和黨人（百分之七）的四倍，[19]但很少有人懷疑大多數獨立記者實際上是不想透露政治傾向的左派。例如，我找不到關於國家公共廣播電台工人政治派別的統計數據，但如果你像我幾十年來每天都在做的那樣收聽 NPR 上的故事，你會得出這樣的結論：在他們尋求的多樣性的過程中，由一個真正的共和黨人負責報導和製作新聞節目的內容幾乎是一件不可思議的事。

但我想把注意力集中在我自己的主題，意識形態變得更加極端偏見的學術失敗問題。例如，在一九六〇年代，美國歷史系已經果斷地向左傾斜，共和黨人與民主黨歷史學家的比例是一比二點七。但最近一項針對美國四十所領先高等學府近八千名教職員工的研究表明，自由派與保守派歷史學家的比例已經上升到了令人難以置信的三三點五比一。[20]

根據法律學者卡斯・桑斯坦（Cass Sunstein）的研究，如果你在一個房間裡隨機挑選一些人，讓他們辯論一個有爭議的話題，他們通常會朝妥協的方向努力。有另一方的言論的調節，對擁護的信念、態度和行動將不再那麼偏激。但是如果你讓一群同立場的人在房間裡討論墮胎或槍支管制等引發分歧的話題，他們就不會傾向中立。當同立場的群體不被懷疑和反駁的言論影響時，就會朝著房間裡最極端的位置奔去。當你的房間裡擠滿了激烈的觀點擁護者時，很少有人會問「我們走得太遠了嗎？」而是「我們走得夠遠了嗎？」這種趨勢是如此強烈和可預測，以致於桑斯坦稱其為「群體極化定律」。[21]

歷史系是極端的。但人口統計數據在每個學術領域都不是水平的直線。在一個自認為保守派（約百分之三十七）的美國人多於自由派（約百分之二十四）的國家，[22]研究表明，在大學學院註冊的民主黨人與註冊的共和黨人的比例在八到十三比一之間，人類學（四十二比一）、英語（二十七比一）和社會學（二十七比一）的失衡令人瞠目結舌。[23]在觀點最多樣化的經濟學領域，保守派仍然以四點五比一的比例敗給自由派。在某些領域，意識形態觀點如此一致，以致於很難想像整個大學學科中可能存在「出局」的共和黨人。事實上，一項針對美國前六十所文科院校中的五十一所的研究表明，在性別研究、和平研究或非洲研究領域，一個註冊的共和黨人都沒有。[24]

幾十年來，學術界已經意識到這些不平衡，只不過不太關心罷了。當我向同事表達這個擔憂時，最常見的反應是聳聳肩，半開玩笑地說：「好吧，如果真相帶有自由主義的偏見，我們能做些什麼呢？」但是，如果我們真的有興趣想接近公正的真相，那麼這些不平衡就是破壞我們所做的所有研究和教學的災難。這裡要澄清的是，我並不是說這是光學不良的問題（儘管也是如此）。我是指學術研究似乎帶有偏見，因為它絕對是有系統地研究同一個方向。

學術界的意識形態同質性變得更加複雜，起因於越來越無情的威權主義傾向與神聖不可侵犯的教條，特別是有關性別、種族、性取向等身分問題。一種恐怖、順從的知識氛圍——所有的霸凌、網路封殺、取消和禁止談論禁忌問題——和大喇叭一樣，為後真相世界做出了貢獻。

我並沒有打算寫一些激烈或有爭議的東西，但還是想要挑戰一些有力人士。我不覺得內疚，更不害怕冒犯天主教會、一般宗教信徒、陰謀論者、矽谷科技寡頭、大喇叭，或者仍然愛戴他的數千萬做足準備的美國人的敏感神經。我甚至度過了愉快的時光，描繪了一幅 ISIS 戰士角色扮演穿越末世假象的諷刺肖像（最終它被扔到裁切室的地板上，不是因為我害怕，是因為它不是重點）。

困擾我的是頌揚左派的神聖故事，甚至還有微小的異端邪說徵兆。像所有當代作家一樣，我知道自己離異端審判僅是一步之遙，因為我知道我的自由派朋友（而非狂熱的右翼分子）會衝進火海揮舞著汽油桶。這使您閱讀的幾乎所有內容都具有一定的語言水平，並決定了作家敢說什麼以及我們敢說什麼。沒有一個極權主義政權可以燒毀所有異端，他們只需要燒毀一小部分，其餘的就會順勢而為。當面臨恐嚇時，思想罪犯會主動燒掉他們的書，或至少是燒掉意識形態上不正確的部分。這是另一種說法，學術界聲稱此絕對忠於自由思想和表達的崇高理想，同時仍然巧妙地威懾非正統。

彷彿零容忍、恐嚇、集體思考和意識形態的同質性不會導致膽小的政黨政策（蘇聯李森科主義的一種縮影），等於屈服於地平主義的知識論。這將是毫無頭緒地堅持認為，學者們所發現的關於人類認知和意識形態深層偏見的事實並不適用於我們。

當然，大眾知道它們適用於我們，從而貶低了對我們工作的信心。因此，在這個國家，學術已經大幅失去了力量，大多共和黨人（百分之五十九）表示，在美國，高等教育有害無益。[25]這意味著任何關於潛在黨派主題的研究，也就是說大多數的研究無論其品質如何，都將被懷疑。由於教授中存在壓倒性的意識形態偏見，公眾將有充分的理由懷疑性別研究教授談論工資差距的原因；懷疑社會學家在警察暴行研究中提出的所有相關問題，並懷疑懷疑歷史學家在彈劾聽證會上提供專家證詞的潛在動機。

他們也將有理由懷疑科學。科學的力量不在於像牛頓或達爾文如此的天才，而是在於一個巧妙的集體過程（此過程要求嚴謹計算、同行評審並可以複製），從徹頭徹尾的謊言到無意識的偏見，防止可預測的人類失敗。儘管科學方法可以預防偏見，但並非完美的方式。學術科學家也強烈左傾，我們必須假設這決定了他們提出的問題和他們喜歡的解釋。離人類相關領域（例如天體物理學）越遠，這種結果的扭曲程度可能就越小，而隨著對社會關注領域（例如遺傳學、社會學）的研究越來越多，扭曲程度就越大。

即使科學家們可以學會將他們的政治與他們的研究完全隔離開來，科學的黨派傾向仍然會產生災難性的公關後果。例如，全球暖化陰謀故事幾乎害得我們失去應對氣候變化的生存威脅的能力，這些都是右翼宣傳家創作的小說。但這些虛構故事之所以流行，部分原因是一個確實有偏見的自由學說（包括一個極度左傾的氣候科學家團體）導致這些陰謀看起來合情合理。

## 民主啟示錄

我正在觀看一段影片並傻笑著，影片裡有一系列的面孔從男性變成女性、從棕色變成白色，再變成不同的棕色。我看著一個年輕女人完美的皮膚隨著年齡的增長而變老。

一路上，她的頭髮漂亮地留長，然後後退到幾乎沒有。個性被雕刻成了微笑線條，並藉由珠寶、服裝、化妝和髮型的微妙差異被表達出來。我傻乎乎地笑著，因為這是一部融化人心、我們這個物種的影像，與相同的人性相比，我們的差異顯得微不足道。但從字面意義上說，我的微笑也顯得很蠢，因為我知道螢幕上的面孔不是真的，只是由強大的電腦變出的超現實主義人像。我知道他們是假的，這都要歸功於我正在閱讀的《紐約時報》的標題：〈這些AI創造的假人看起來像真的嗎？〉[26]目前，訓練有素的專家仍然可以發現AI製作出的微小差異，例如在描繪珠寶、眼鏡和背景時的些微不正確。但每分每秒，臉部塑造技術都在學習和進步。

柏拉圖的《理想國》引用了「哲學與詩歌之間的古老爭論」。[27]這場衝突起因於說故事的人想要講述不受約束的情節，而哲學家想要建立真理之牆來遏制它們。柏拉圖警告說，如果說實話的哲學家和編造故事的人之間沒法達成平衡，而後者能得利，那麼情感就會壓倒理性，社會就會失去智慧。

新技術，尤其是傳播胡說八道的社交媒體，正在打破與真相講述者之間的權力平衡。現在我們看見了合成媒體的曙光，它又被稱為「深偽技術」（deep fakes），預示著一個可以用有說服力的方法製造任何文本、音訊或影片證據的世界。[28]我擔心將來我們可能會將深偽技術的出現視為人類歷史上的一個關鍵轉折點：現實死亡的那一刻。因為技術斬斷了看到／聽見和相信之間的古老聯繫。

一個或兩個世代以後，偶然發現這本書的古物學家可能會覺得，上一節所討論我們的真相調查機構中對政治偏見的擔憂很可愛（哦，人類曾經擔心過這個嗎？）。技術專家警告說，我們正在努力抵禦訊息啟示錄，一場訊息劫難。因為此技術有可能偽造一切證據，也可能讓一切作廢。理性決策的證據基礎將被毀壞。

訊息啟示錄將導致所有其他類型的啟示錄發生的機率更高。如果在真正構成危險的因素這點我們不能達成共識，該如何團結起來面對它？因此，這種知識論危機可能是我們曾經面臨過的最大生存危機，因為其他更多危機也包含在內。由於我們之中有許多人找了無數藉口來質疑專家，因此我們對氣候變遷的無能反應，可能只是讓我們預先體驗了將來之事。

舉其中一個問題為例，觀察家擔心訊息災難也可能預示著民主災難，也就是自由民主時代的終結。[29]在蘇聯解體後令人眼花繚亂的諸多文章中，政治學家法蘭西斯．福山

（Francis Fukuyama）指出，自由民主在全世界蓬勃發展，而各種專制制度，無論是君主制、共產主義還是法西斯主義，都在急速滅絕。福山著名的言論為：我們生活在「歷史的盡頭」。

福山並未表示自然災害、戰爭、經濟災難和文化動盪將就此停止。相反地，他認為政治制度的興衰與生物進化的原理相同：適者生存。對於政治科學家來說，擔心專制會擊敗民主，幾乎就跟擔心低等靈長類動物（例如狒狒）有朝一日可能超越人類一樣毫無意義。

福山的論文甫出刊不久，但已獲得如此多的擁護者，不是因為其傲慢，而是因為它合乎傳統。福山的讀者中，幾乎每個人都已經相信民主在道德和實踐方面都優於其它制度。正如邱吉爾的一句名言：「沒有人會假裝民主是完美的或萬能的……民主是最糟糕的政治制度，除了那些我們早已試過不管用的制度以外。」[30]

為了支持福山和邱吉爾，如果有一件事代表著狩獵採集政治，那就是堅定反對威權領導，以及堅持要眾人達成共識的決策。因此，就某種意義上說，對自由的嚮往，對大人物或集團統治的憎恨，是人類的天性。說「自然狀態」中的人類是民主動物並沒有什麼大錯。[31]

但是自然狀態（進化生物學家稱之為「環境」）不是永恆或穩定的。當環境發生變化時，有機體（或政治系統）必須適應或死亡。大約一萬二千年前的新石器革命，就發生了這樣的變化。農業的出現使人類能夠生活在更大的群體中，而狩獵採集者的平等主義制度從那時起就一直在倒退。[32]自農業帶來的人口繁榮以來，各種威權主義統治了人類的生存：酋長、封建領主、國王、教皇、哈里發和皇帝。

蟄伏已久的民主運動曾在古希臘短暫爆發，之後兩千年幾乎消失在西方社會。一直到啟蒙運動，一種新的民主形式才出現並逐漸在全世界擴散開來。那麼，從人類歷史的長河來看，說民主是一個永恆的制度，或者說它總能戰勝其他制度是錯誤的。在管理龐大人類群體時，各種形式的威權主義長期以來越來越普遍和穩定。若未來民主能繼續存在下去，也不是因為它天生就優越，而是因為熱愛民主的人們見到了它微妙的不可探測性。

現代民主國家堅持以下原則，即要緩解不良言論（如仇恨和謊言），方法便是更好的言論（如愛和真理）。特別是在美國，經濟市場可能受到監管，但第一修正案保證了一個激進的思想和故事自由主義市場。這反映了我們的信念，即當談到故事市場時，好的和真實的最終會戰勝壞的和虛假的。就像我們相信，在自由經濟市場中，好的事物勝過壞的事物一樣。

但越來越多的證據表明，在一個充滿思想的後真相市場中，可以想見的擔憂是，錯誤和虛假的資訊壓垮了真相。在《科學》一篇引人憂慮的文章中，由蘇魯什・沃索吉（Soroush Vosoughi）領導的一個團隊表明，虛假故事不僅打敗了真實故事，而且在社交媒體上的傳播方面也大獲全勝。[33]舉一個時事的例子，另一個研究Covid-19的研究團隊發現，「傳播有關健康的錯誤訊息的前十個網站中，臉書上的大約瀏覽量幾乎是世界衛生組織（WHO）和疾病控制與預防中心（CDC）等十個主要健康機構的網站相同內容的四倍。」[34]這些錯誤訊息來源造成的混亂讓竭力預防流行病的人員努力白費，也導致了經濟傷亡。換句話說，病毒在美國如此擴散，正是因為虛構戰勝了真相。

威廉・巴特勒・葉慈的詩〈事情分崩離析〉（*Things Fall Apart*）讓人聯想到一個血淋淋的景象，一個世界旋轉得越來越快，直到中心無法支撐，「世界只有無政府狀態」。永不間斷、永無止境的分岐和提供錯誤訊息的社交媒體，比其他任何東西都更像是我們在其中旋轉的離心機。

就像過去的強盜貴族一樣，臉書和推特等公司的領導人創造了巨大的價值，但也對所有文明施加了嚴重的外部性。在強盜貴族的時代，負面外部性包括對勞動力的剝削和環境退化。在社交媒體時代，這些平台將惡性社會致癌物如仇恨、分裂、妄想直接引入人民的血液中。

改革者對此有一個解決方案：規範社交媒體並考慮擊垮最大的平台。[35]是的，拜託試試看吧。社交媒體才剛剛誕生十多年就像颶風一樣席捲我們。現在下結論說我們無法控制它並重建被破壞的東西還為時過早。

但確實有悲觀的理由。例如，臉書在很大程度上是一個故事散播平台。事實上，臉書很容易成為歷史上最大、最強大的出版商，分發內容給三十億人，並且還在不斷上升。它沒有蓬勃發展，因為它發現了一種吸引注意力的新方法。在很大程度上，它的演算法只是獨自發現了最古老的吸引注意力之法，也就是講故事的通用語法，並弄清楚如何大範圍地使用它。演算法背後的智慧可能是出於人工，但它所利用的故事心理是完全自然的。

想消除臉書的負面外部性，就和想消除講故事的普遍語法一樣。想像社交媒體公司正在**創造**對黑暗、分裂和道德挑釁的素材，而不是回應它。因此，我們可以幻想一種不同的演算法，將它作為真實、善良和積極性故事的路由器，由此也能發揮幾乎同樣的效果。但無論何種商業模式（免費、訂閱或其他），社交媒體平台自然會符合故事心理學的內在規律，即故事越黑暗，道德能量越多，就越有可能在故事戰中勝出。

## 柏拉圖的中華人民共和國

在一篇關於故事如何塑造群體認同的論文中，心理學家盧卡斯．比蒂（Lucas Bietti）和他的同事認為，「講故事可以說是完成集體意義建構的主要社會活動。」[36]換句話說，這就是整個社會如何在所有重要的事務上達成一致。

在柏拉圖完成《理想國》的兩百四十年後，終於有了實現夢想的技術條件。隨著越來越少訴諸硬實力，中國共產黨的講故事之王將能夠塑造一個全國性的故事來獲得其公民的服從。這個國家全面監控項目，全面掌控媒體渠道，已經達到了相當成熟的階段。

最近一集《前線》（*Frontline*）的製片人所說，「中國人正在開發一種新的治理形式，藉由技術控制人類，這種技術已經出口到世界各地，使威權政府控制人民的程度達到可怕的境界。本世紀的核心意識形態之戰，將是中國的威權主義模式對抗西方日益搖搖欲墜的自由民主主義。」[37]

誰敢打賭我們會贏？

「大國需要民族團結，」中國學者劉明富寫道。[38]國家之間的較量，在很大程度上是團結的較量。在民族團結方面，中國人有很大的內在優勢。他們有團結的民族，百分之九十五是漢族。他們有五千年的文明歷史。他們有一個共產黨帶來的共同神話。而且，與西方（尤其是美國）文化中易怒的個人主義相比，他們的文化取向更偏向集體主義，將群體置於個人之上。[39]除了與西方民主國家相比，這些內在的統一優勢之外，對我們構成威脅的數位工具導致了日益激烈和破壞性的內部故事戰爭，實際上卻保證了中國人的故事和平。

中國人（和其他威權主義者）已經將故事戰爭的工具武器化為對抗西方的武器，而他們自己精心構建的故事情節則被保護在防火牆之後。深偽技術對中國人不但不構成威脅，反而看起來更像是實現了柏拉圖式／極權主義的目標，也就是讓人民懸浮在統治者可以想像的任何虛構夢想中。也許我們應該嘗試對所有這些保持開放的態度。中國人建造的母體可能不會是場科幻噩夢。畢竟，即使在《駭客任務》電影中，模擬影像也是一個相當不錯的居住地。《駭客任務》中真正可怕的不是模擬影像，而是被捲入赤裸裸的現實地獄。此外，無論中國人建造什麼，都可能不像自由社會那樣令人不快，自由社會不像中國那樣生活在一個母體中，而是人們生活在各種相互不相容的母體內，其引發的戰爭故事釀成了更糟糕的結果。

# 結語

# 來自冒險的呼喚

勞勃・潘・華倫因其《國王人馬》（*All the King's Man*）獲得普立茲獎而被人們銘記。但他在詩歌方面的成就甚至超過了散文，獲得了兩次普利茲詩歌獎，並被譽為美國第一位桂冠詩人。請容我以他偉大的敘事詩〈奧杜邦〉的片段作為這本書的題詞：

跟我講個故事。
在這個狂熱的世紀和時刻，
跟我講個故事吧。

華倫是在二十世紀中一時狂熱寫出這首詩的。他在越戰的瘋狂高峰期寫了這首關於偉大的藝術家和博物學家讓・雅克・奧杜邦（Jean Jacques Audubon）的詩作。這是內戰以來美國空前的分裂和文化動蕩時期。那個狂熱的時刻被嵌入了二十世紀更猛烈的狂熱之中。華倫詩作的大多數讀者都曾經歷過第二次世界大戰，很多也像華倫本人一樣經歷過第一次世界大戰以及大蕭條時期。他的所有讀者都經歷了冷戰中最冰冷的時刻，沒有被核彈引發世界末日的每一天都是幸運的。

華倫企圖講述一個「深切喜悅」的故事來結束這首長詩，這展現了故事中最悠遠的煉金術：將混亂轉化為秩序，將狂熱轉化為意義。

當然，人們似乎老覺得他們生活在瘋癲狂爆的時代，末日即將來臨。他們總是期待故事能讓瘋狂變得有意義和撫慰人心。

但我們的狂熱時刻確實看起來很特別，只因為我們無法求助於講故事的人來拯救我們。由於文化和技術變革的速度，曾經幫助我們振作起來並將我們團結在一起的故事首先引起了狂熱。它已成為治癒分裂與疾病的良藥。

所以，這就是這整本書一直在探討的問題。隨著故事和講故事的人變得越來越強大，隨著事實和證據的力量變得越來越弱，我們可以做些什麼來拯救自己免受社會精神分裂症的影響，無論是字典意義上的自我分裂還是生活在危險的集體妄想中？只有一件事是肯定的：這並不容易。

## 洞穴預言

大約一萬五千年前，在庇里牛斯山脈的山腳下，在我們現在稱為法國的土地上，一個男人站在齊膝深的一條小河中，凝視著一個濕漉漉的洞穴口。[1]河水從洞中流出，帶著泥土的泥濘氣味。男人涉水向前，進入了越來越深的水中。當他進入黑暗的洞穴時，他靠在水流中，將火花飛濺的火炬高高舉起，河水浸濕了他的鬍鬚。三十公尺後，他爬上了一個薄薄的礫石海灘，站了一會兒，牙齒在火炬的光暈中打顫。

他緊緊抓住牆壁，腳踩碎礫石向洞穴深處走去。他抬頭看到天花板上掛著的石質匕首，以及鑿入牆壁的野山羊和野牛的形狀。他到達了一個向上延伸十二公尺的垂直豎井。井中滿是樹枝，是人們強行橫穿的隧道，他像爬梯子一樣爬上樹枝。他出現在一個狹窄得無法站立的空間中。於是，他雙膝跪地向前爬行，周圍的牆壁越來越窄。有時他可以站起來。有時他不得不匍匐著，傾斜著將寬闊的肩膀滑入越來越深的黑暗中。他避開了腳下深得像飢渴喉嚨的陷阱。他經過洞熊的骨頭。他走進小房間，那裡的石英岩像星星一樣閃閃發光。

他到達了目的地：一個形狀像一個倒置大碗的房間。男人從包裡拿出挖空的石頭。空心石是白色的，內有凝結的脂肪。他點燃了脂肪中的燈芯，燈發出劈啪聲響，冒煙後光芒隨之熄滅。隨後，該男子跪在房間的一端，用石塊在黏土地板上挖掘和刮擦。他撬起厚厚的黏土板，把它們帶到房間的另一邊。他把石板靠在一塊低矮的巨石上，然後開始用手、石頭和山羊的角打磨黏土，用水坑的水把它擦得光滑。他捏了兩隻黏土野牛，一頭公牛站起來騎上一頭母牛。這座雕塑在黑暗中屹立了數千年，直到一九〇八年被冒險的男孩們重新發現。這個小故事的驚人之處在於它幾乎是真實的。大約一萬五千年前在法國，一個或多個人真的游泳、攀爬和爬行進入地球的曲折內部近一公里深處，在裡頭創作藝術並將其留在原地。

被發現的野牛雕塑是二十世紀高度複雜的洞穴藝術中令人震驚的作品之一，可以追溯到數萬年前。[2]這些發現不可逆轉地改變了我們對石器時代祖先的看法。他們不是毛茸茸的、咕噥著的穴居人。他們有藝術的靈魂。他們向我們展示了人類是著迷於創作、欣賞藝術的猿類，不僅僅是因為文化，而是從本質上來說就是如此。

史前人類過著短暫、艱苦、危險的生活。他們面對敵對的部落、危險的野獸和殘酷的冬天，有要追求的伴侶，要養活的孩子，要打敗的對手。為什麼他們要勇敢面對那些洞穴，面對熊、可怕迷宮和惡魔出沒的黑暗？為什麼他們去那裡畫畫和雕刻，或是唱歌、跳舞和講故事？

說到兩隻野牛的雕塑，我們永遠無法確定真相。但故事從古至今都是藝術界的女王。我們對音樂、雕塑、繪畫和舞蹈的熱愛，在很大程度上是我們對講故事的迷戀的不同表現。我們看芭蕾舞時，是為了看故事被舞動出來。當我們漫步在羅浮宮這樣的博物館時，正在漫步於大量來自神話和歷史的強大故事選集，無論這些故事是用石頭、油漆還是編織布講述的。人們去羅浮宮是為了驚嘆藝術家的精湛技藝，是的，但也是為了在視覺藝術中體驗西方文化中最持久的悲劇英雄、悲傷少女和憤怒神靈的故事。

所以，專家說兩隻野牛的雕塑具有宗教性質，反映的是一個部落關於神、精神、起源或結局的最珍貴故事。[3]你可以看到，從大人小孩在走廊硬泥地上奔跑的腳印中，人們對雕塑家的作品驚嘆不已，並進入了他的故事。

這一切的人性有著令人痛心的美麗。但這也表明我們講故事的本能有多深刻，以及改變人們一直以來講述和欣賞故事的方式有多困難。即使你用黏土塑造一個故事，將它埋藏在黑暗的大地中，人們也會冒著生命危險游泳、攀登和爬行，去找到它。

正如我在開頭所說的那樣，講故事是人類必不可少的毒藥，就像氧氣一樣是生存必需，而且同樣具有破壞性。我寫這本書的部分原因是希望設計一些策略來保持講故事的基本、快樂的一面，同時提煉出最糟糕的毒藥。如果我不認為這在未來的日子裡是可能的，就不會大費周章寫這本書。

但當我想到史前雕塑家將他的故事以黏土呈現時、當我回顧寫過的書頁時，心中冒出了懷疑的聲音，也讓我盡可能明確地點出悲觀主義。事後看來，很難將毒藥從故事中提取出來，原因現在對我來說似乎很明顯：它已經是一種純的蒸餾物。蒸餾就是分離混合物的不同部分。所以蒸餾水是$H_2O$，所有雜質都被去除了。酒是乙醇，是發酵桶中留下的所有酵母碳水化合物醪液。一個故事是從沉悶、無序、未加描述的現實的乏味混合物被煮成醉人的普遍語法。

中和毒藥中有毒成分的唯一方法，是將那些平淡無奇的麥芽漿攪拌回餾出物之中，那些無聊的部分、與道德無關的部分、無關緊要的部分，以及主角在陽光下度過的所有美好時光。想像這可能會回到柏拉圖的第一個夢想，即人類可以完全沒有故事。

我們不能。即使我們可以，也不會選擇沒有故事，甚至不會去拯救整個世界。我們更喜歡蒸餾故事的陶，即使有醉酒混亂的可能性，也不願面對清醒的嚴酷。

只要有人類，我們就一直在講述同樣的古老故事，以同樣古老的方式，出於同樣古老的原因。柏拉圖在《理想國》中所說的原始鎮壓和世界獨裁者一直試圖掌控很難改變的說故事行為。這是一個可怕的結論，因為很明顯人類不能沒有故事。但是，隨著技術繼續增強它們的力量，我們可能也無法與它們共處更長的時間。

## 認識你自己

柏拉圖攻擊故事的言論很有名。但我懷疑那些話是否曾經改變過任何人與故事的日常關係。哲學家卡爾・波普爾將納粹和蘇聯的罪行歸咎於柏拉圖，[4]但是，柏拉圖理想的共和國，與各種由荒謬無知者統治的極權主義反烏托邦之間的相似之處，似乎更像是狂熱的烏托邦幻想家的想法，而不是對古典文學的深入探討。除了激怒詩人和激怒他們的反對宣言之外，[5]柏拉圖關於講故事的警告影響力如此之小，原因很簡單：幾乎沒有人相信他。講故事的動物很難接受給我們帶來如此多美好、意義和快樂的故事也可能是我們混亂、不合邏輯和殘忍的根源。

我們大多數人仍然無法相信這點。在我為這本書做研究的早期，我在大學心理學系的休息室裡度過了一個上午，急切地閱讀了來自不同心理學子領域的大約二十本最新教科書的目錄和索引，搜索「故事」這個字的變體「story」或「narrative」的資料。我拿出我的筆記本想寫下想法、概念和引用的期刊文章以備不時之需。當我完成時，筆記本仍然是空白的。我沒找到半點線索。

故事科學是存在的，沒有它就不可能寫出這本書。但它仍然是一門非常年輕的科學，已知與未知的知識都還很模糊。

故事科學距離人文科學的中心還很遙遠，甚至還沒有滲透到教科書中。

神諭的告誡「認識你自己」是知識生活和所有社會進步計劃的基礎。如果我們不了解自己，就無法修復自己。而我認為我們對自己都不夠了解。我們不知道自己和智人一樣，不知道這點會威脅到一切。

如果我們希望解決文明中最大的問題，就需要更好地了解故事對我們的思想和社會產生的影響。這意味著鼓勵人文和人文科學領域的學者在故事心理學的新領域開展大規模的跨學科努力，將人文學科的厚實、細緻的知識與科學的特殊工具相結合。

原諒我在雄心勃勃的年輕研究人員耳邊低語：故事之樹上長滿了令人垂涎的、低垂的果實。去犒賞自己，聲名鵲起。當你在做的時候，為什麼不幫忙拯救世界呢？勇敢的學者，這就是所謂的冒險召喚。至於我們其他人，僅因為我們對講故事的頭腦還不夠了解，不表示我們一無所知，或許現在將這些知識付諸實踐還為時過早。

當我在大家相聚時大喊「永遠不要相信一個講故事的人」時，我不僅是在和你講話，而是在談論你。我們都是講故事的人，因此不值得信任——尤其是我們自己。

在個人層面上，我們都需要更加意識到人類傾向於進入比現實更充滿活力和敏銳的故事，然後拒絕抽離，因為模擬實境比無聊、道德上模稜兩可的現實更適合生活。我們每個人都應該嘗試，不僅對道德主義方面的簡化故事抱持懷疑，也應該懷疑我們告訴自己的故事。

但是，我們很容易聞到別人的口臭，卻很難聞到自己的口氣。我想像我的讀者在閱讀這些頁面時會高興地將我的觀點套用在他們不喜歡的人和敘述的方式，同時赦免了他們自己描述世界和身分的方式。我不是想侮辱你，讀者。我只是假設您是人類，因此在某種程度上迷失在故事中。

但我們並非無助。一旦一個人被告知他們有口臭（通常是好朋友才會這麼做），他們會更加注重衛生，避免吃有問題的食物，他們不再與談話對象親密交談。也許他們養成了用手摀住口鼻來檢查自己呼吸的習慣。這沒什麼的！

我們腦海中的故事也是如此。我們必須養成懷疑的習慣。我們必須學會嗅探我們自己的故事是否誇大、捏造、不合邏輯和其他胡說八道。這本書作為你的朋友，是要告訴你，你幾乎肯定不能免於本書所涵蓋的各種故事性口臭。沒有人能夠避免。

但我相信我們可以控制我們講故事的偏見，就像我們可以學會控制其他自然衝動一樣。我們只需要了解這些衝動是真實存在的，如果讓它們自動駕駛，它們往往會帶我們誤入歧途。例如，當我感覺到自己被激怒時，當我發現自己透過把一個人變成惡棍來使他們失去人性時，我深吸一口氣，試著用不同的方式想像這個故事。用這種方式，我對大腦的自動過程施加了某種執行控制。如果我不能或不會這樣做，我就不是我腦海中故事的主人，我只是他們的奴隸，我更加墮落，因為我甚至感覺不到禁錮我的鎖鏈。

## 結束時間

雅典的黃金時代確實只持續了一代人，從與波斯的英勇戰爭到與斯巴達的數十年可怕的暴力之間。我們與古雅典最密切相關的一切，包括充滿活力的民主、建造雅典衛城紀念碑的巨大帝國財富，以及試圖用自己的方式談論永恆真理的白袍哲學家，所有這一切都是兩次大戰之間的和平的明亮閃光。

但柏拉圖並非出生在雅典輝煌的時代。他出生在隨後的衰落時期。他出生在雅典有史以來最嚴重的瘟疫中，同時也是場最長、最殘酷的戰爭。與斯巴達的戰爭遠非統一雅典，而是激化了每一個分歧。柏拉圖看到雅典趕走斯巴達佔領者並立即陷入內戰。他看到了一個暴民統治時代的到來，奪去了許多人的生命，包括他心愛的老師蘇格拉底的生命。什麼都沒有解決。戰爭似乎是一種永恆的、可治癒的疾病，正如荷馬所說，人類注定要「從年輕時開始進行血腥的戰爭，直至我們滅亡」。[6]伯羅奔尼撒戰爭結束後的十年內，雅典再次與斯巴達交戰。

在柏拉圖的時代，人們普遍認為，更嚴峻的日子隨時會到來。[7]也許一個巨大的敵人會帶著長矛和奴隸項圈從地平線上蜂擁而至。如果希臘沒有從外部被粉碎，也只會因內部流血而死。可怕的是，人們可以感覺到災難正在逼近，但沒有人能就如何阻止它的方法達成共識。

柏拉圖將看到馬其頓帝國日益強大，以及大規模入侵之前的第一次試探性攻擊。他死後不久，馬其頓方陣從北方席捲而來，希臘的輝煌也走入史冊。

柏拉圖時期的許多歷史環境都反映在我們身上。一場肆虐的流行病。長達數十年的戰爭。領導民粹主義運動的無情煽動者的崛起。種族和階級緊張局勢沸騰。對文明的信心下降，外國勢力的崛起，以及越來越合理的生存威脅（在我們的例子中，核武器、氣候變遷、新瘟疫、人工智能的興起和老式的部落衝突）。我們也與柏拉圖的時代一樣，害怕進入後真相的存在，由於各種詭辯，人們將不再看到同樣的現實。如果我們不能就哪些問題是真實的、哪些只是故事達成一致，怎麼能夠團結起來解決我們的問題呢？

柏拉圖的《理想國》不是為我們而寫。我懷疑他是否認為年輕的哲學學生仍然會在他的書出版二十四週年後艱辛地閱讀，或者像我這樣的人會剖析它。柏拉圖寫了《理想國》來拯救他的世界。結果失敗了。他知道的還不夠。他生活在一個很大程度上是先見之明的時代，他幾乎沒有可以站立的巨大肩膀。但是，如果我們注意柏拉圖關於講故事的危險的警告，同時試圖設計現代科學的解決方案，可能有辦法拯救我們的世界。

最重要的一步是制定更多源於仁善的法則，以駕馭使我們產生分歧的故事。我提出以下建議：

**討厭並抵制故事。**

**但盡量不要討厭講故事的人。**

**而且，為了尋求和平和自己的靈魂，不要鄙視那些忍不住愛上故事的可憐傻瓜。**

控制我們大腦聽取和創造故事的方式很困難，最終可能會失敗；幫助建立我們這個物種講故事的本能可能會改變並粉碎我們。但如果危險不是真的，解決方案不是難以捉摸的，那就不需要英雄了。勇敢的讀者們，這就是冒險的呼喚。

# 註釋

## 前言：千萬別相信說故事的人

1. Brinthaupt 2019; see also Geurts 2018; Kross 2021.
2. Gould 1994, 282.
3. Colapinto 2021.
4. Green and Clark 2012.
5. Oksman 2016.
6. Baird 1974.
7. Ahren 2020; Baird 1974.
8. 我自 E.M. 佛斯特（E.M. Forster）的《小說面面觀》（*Aspects of the Novel*）中引用這個詞彙。虛構人物（Homo Fictus）是佛斯特針對所有小說角色所創造的詞彙，並用這個詞彙巧妙地和智人（Homo sapiens）做出區別。
9. Davies, Cillard, Friguet et al 2017.

10. On oxidative stress and "the oxygen paradox," see Davies 2016; Davies and Ursini 1995; Sies 2015; Szalay 2016. On certain nutrients as essential poisons, see Reilly 2006.

11. On the pivotal role of storytelling in human evolution, see Boyd 2009; Boyd, Carroll, and Gottschall 2010; Gottschall 2012; Harari 2015.

## 一、會說故事的人統治世界

1. Nielsen Global Media 2020.

2. Wise 2009.

3. For storytelling's effects on the brain, see Krendl et al. 2006; Morteza et al. 2017; Stephens, Silbert, and Hasson 2010. For lack of peripheral awareness, see Bezdek and Gerrig 2017; Cohen, Shavalian, and Rube 2015. For pupillary and blink responses, see Kang and Wheatley 2017; Nomura and Okada 2014; Nomura et al. 2015; Riese et al. 2014. For endorphin spike and increased pain tolerance, see Dunbar et al. 2016. For correlations of pleasure with measurable physiological responses, see Andersen et al. 2020.

4. Burke and Farbman 1947. For general information on Khoisan storytelling, see Wiessner 2014.

5. For proposed solutions to the evolutionary riddle of storytelling, see Boyd 2009; contributors to Boyd,

Carroll, and Gottschall 2010; Carroll et al. 2012; Dissanayake 1990, 1995; Dutton 2009; Gottschall 2012; Pinker 2002.

6. Damasio 2010, 293; see also Asma 2017, 152.
7. Smith et al. 2017.
8. O'Malley and Robehmed 2018.
9. Flavel et al. 1990.
10. Bezdek, Foy, and Gerrig 2013; Dibble and Rosaen 2011; Giles 2002; Hall 2019; Rain et al. 2017; Schiappa, Gregg, and Hewes 2005, 2006; Singh 2019; Stever 2016, 2017.
11. Tal-Or and Papirman 2007.
12. Cantor 2009.
13. For overviews of narrative transportation, see Bezdek and Gerrig 2017; Gerrig 1993; Green and Brock 2000; Green and Dill 2013; Strick et al. 2015; van Laer et al. 2014.
14. Green and Brock 2000.
15. van Laer et al. 2014.
16. Shapiro 2011, xx.
17. Shapiro 2011, xii.

18. See Dreier 2017; Drum 2018; Ellis and Stimson 2012. For the liberalizing trend measured over centuries, see Pinker 2018a.
19. McCarthy 2020.
20. Ellithorpe and Brookes 2018.
21. Shedlosky-Shoemaker, Costabile, and Arkin 2014.
22. Dibble and Rosaen 2011; Schiappa, Gregg, and Hewes 2005, 2006.
23. For diminishing prejudice when whites watch shows with likable black characters, see Power, Murphy, and Coover 1996. For similar effect with television characters who are Muslim or have disabilities, see Murrar and Brauer 2018. For studies of the prosocial impact of popular fiction in international settings, see Paluck 2009; Piotrow and Fossard 2004; Rosin 2006; Singhal and Rogers 2004; Soto Laveaga 2007
24. Murrar and Brauer 2018. For the limited efficacy of diversity training, see Dobbin and Kale 2013; Chang et al. 2019.
25. Coleridge 1817, chap. 14.
26. See Wilson et al. 2014.
27. On the scientific plausibility of escapist theories of storytelling, see Slater et al. 2014.
28. See Copeland 2017; Killingsworth and Gilbert 2010; Wilson et al. 2014; Kross 2021.

29. Corballis 2015; Kross 2021.

30. Nicholson and Trautman 1975–1980, 5:319.

31. Barraza et al. 2015; Dunbar et al. 2016; Nabi, Prestin, and So 2016; Zak 2013, 2015.

32. For the metaphor of story's active ingredients, see Green 2008, 48.

## 二、說故事的黑暗藝術

1. My views on Plato's Republic have been informed by outstanding works of scholarship, including Arieti 1991; Benson 2006; contributors to Blondell 2002; Bloom 1968; Hamilton 1961; Havelock 1963; Howland 1993; Janaway 1995, 2006; Kirsch 1968; Levinson 1953; Popper 1945; Pomeroy et al. 1999; Strauss 1964; Taylor 1926.
2. Van Laer et al. 2014, 798.
3. For a sample of an ongoing flood of business books on storytelling, see Gallo 2016; Godin 2012; Guber 2011; Sachs 2012.
4. Singer and Brooking 2016, 2018.
5. Halper 2013.

6. For information on James Vicary, see Crandall 2006; Crispin Miller 2007; Pratkanis and Aronson 1991; Rogers 1992–1993; Samuel 2010.
7. For mid-twentieth-century fears of mind control, see Holmes 2017; Jacobsen 2015; Kinzer 2020; Marks 1979.
8. Quoted in Samuel 2010, 95.
9. Quoted in Samuel 2010, 95.
10. Haberstroh 1994; O'Barr 2013; Rogers 1992–1993; Samuel 2010.
11. O'Barr 2013.
12. Tugend 2014; see also Pulizzi 2012.
13. Godin 2012.
14. Guber 2011.
15. Krendl et al. 2006; Morteza et al. 2017; Stephens et al. 2010. For hormonal harmony, see Zak 2013, 2015; Dunbar et al. 2016. For further evidence of physiological synchronization, see Bracken et al. 2014.
16. Bower and Clark 1969; Dahlstrom 2014; Graesser et al. 1980; Haidt 2012a, 281; Kahneman 2011, 29. 世界記憶大賽（World Memory Championships）中，參賽者比賽誰能記得最快最多。在喬舒亞・福爾（Joshua Foer）的《與愛因斯坦一同月球漫步》（*Moonwalking with Einstein*）一書

中，他表示，成功較多取決於說故事的技巧，而非天生的記憶力。透過故事傳遞的資訊，參賽者發揮了看似不可能的記憶功力——比方說記下大量隨機的字詞或是數字。

17. See Chapter 3.
18. Quoted in Lyons 1956.
19. Damasio 2005; Lerner et al. 2015.
20. Bail et al. 2018; Kolbert 2017.
21. See meta-analyses by Braddock and Dillard 2016; Oschatz and Marker 2020; van Laer et al. 2014. See also Brechman and Purvis 2015; De Graaf and Histinx 2011; Green and Clark 2012; Green and Dill 2013; Murphy et al. 2013; Nabi and Green 2015; Shrum 2012; Strick et al. 2015. But some studies show no advantage in persuasiveness of story-based communication: Allen and Preiss 1997; Ecker, Butler, and Hamby 2020; Zebregs et al. 2015.
22. Van Laer et al. 2014.
23. Mikkelson 2008.
24. Dahlstrom 2014; see also Lee 2002.
25. Hamby and Brinberg 2016; Hamby, Brinberg, and Daniloski 2017.
26. Didion 1976, 270.

27. Gardner 1978, 39.

28. Gardner 1983, 87.

29. Sharf 2019.

30. An able overview of studies of this type (and many others) is found in Dill-Shackleford and Vinney 2020.

31. Del Giudice, Booth, and Irwing 2012; Jarrett 2016.

32. See Brechman and Purvis 2015; Chen 2015. On sex differences in transportability, see van Laer et al. 2014.

33. Jacobsen 2015, 7.

34. Cha 2015; Defense Advanced Research Projects Agency. n.d.; Weinberger 2014.

35. Barraza et al. 2015. For similar studies, see Correa et al. 2015; Stikic et al. 2014. For an overview of DARPA efforts to create brain–computer interfaces, see Miranda et al. 2015. For DARPA-funded attempts to use transcranial magnetic simulation to alter narrative processing, see Corman et al. 2013.

36. 中華人民共和國正在演示這些數據如何竄起，並被利用於鎮壓人民此最壞目的 Anderson 2020; 有關利用全新技術讀懂並控制心智，請見 Fields 2020.

37. Bentham 1791.

38. Lanier 2019, 8. For information on the online architecture of big data and behavioral control also, see

Orlowski 2020; Wu 2016; Wylie 2019; Zuboff 2020.

39. Pomerantsev 2019; Shane and Mazzetti 2018.

40. Shane and Mazzetti 2018.

41. Pomerantsev 2019; Ratcliffe 2018; Shane and Mazzetti 2018; Wylie 2019.

42. Thu-Huong 2018. For a constantly updated indicator of the most frequently assigned texts in college courses, see the Open Syllabus Project at opensyllabus.org/.

43. Sidney (1595) 1890, 41.

## 三、故事王國的大戰

1. Grube 1927.

2. On the control of storytelling (and other art forms) in totalitarian societies, see Arendt (1948) 1994. For Maoist China, see Chiu and Shengtian 2008; Leese 2011; Mittler 2012. For North Korea, see Lankov 2013; Martin 2004; Myers 2010. For the Soviet Union, see Brandenberg 2011; Kenez 1974; Osgood 2006. Similar dynamics are in play in the mainly right-wing authoritarian movements that have swept much of the world in recent years but which are even more focused on narrative dominance rather than

jackbooted repression (Guriev and Treisman 2019).

3. Tolstoy (1897) 1899, chap. 15.
4. Berger 2012; AVAAZ 2020; Heath, Bell, and Sternberg 2001; Stubbersfield 2018; Vosoughi, Roy, and Aral 2018.
5. Nabi and Green 2015, 151.
6. Stubberfield 2018; see also Heath, Bell, and Sternberg 2001; Stubberfield et al. 2017.
7. Brady et al. 2017; see also Lee and Xu 2018.
8. Berger 2013; Berger and Milkman 2012; Brady et al. 2017; Hamby and Brinberg 2016; Jones, Libert, and Tynski 2016; Shaer 2014; Sharot 2017; Vosoughi, Roy, and Aral 2018.
9. My account of the early Jesus movement is based largely on several books by Bart Ehrman (2007, 2014, and especially 2018). Other sources consulted include Mitchell 1991 and Stark 1996.
10. 皮尤宗教與公眾生活研究中心發現全球百分之三十一的人口信仰基督教。信徒第二多的宗教是伊斯蘭教，佔了全球百分之二十三的人口。請見 Pew Research Center's Forum on Religion and Public Life 2012.
11. Pew Research Center's Forum on Religion and Public Life 2012.
12. Ehrman 2018, 119.

13. Ehrman 2018; see also Stark 1996.
14. Ehrman 2018, 153. 他在《天堂與地獄》(*Heaven and Hell*)中強調，對於來世的看法不能取決於聖經，而是基督時代之後逐漸演變而來。
15. Ehrenreich 2021; Enten 2017; Ghose 2016; Henley and McIntyre 2020; O'Connor and Weatherall 2019; Schulte 2020.
16. Vosoughi, Roy, and Aral 2018.
17. Quoted in Havelock 1963, 4.
18. Mar 2004, 1414.
19. Campbell 1949.
20. My primary on the flat Earth movement is Garwood 2007. Other sources include Burdick 2018; Loxton 2018; Shermer 2002. 地平說運動屬十九世紀，因為和你聽過的哥倫布相比，過去幾千年來沒有受過教育的人會認為地球是平的。
21. Branch and Foster 2018.
22. Hambrick and Burgoyne 2016; Sharot 2017, 22–23; Stanovich 2015.
23. See Garwood 2007.
24. From the computer scientist Guillaume Chaslot, quoted in Orlowski 2020.

25. Franks, Bangerter, and Bauer 2013. On the QAnon movement as a quasi-religious movement, see LaFrance 2020.
26. Lenzer 2019; Mecklin 2017; Shome and Marx 2009.
27. Baumeister et al. 2001; Fessler, Pisor, and Navarrete 2014; see also Soroka, Fournier, and Nir 2019.

## 四、故事的通用語法

1. This discussion of Finnegans Wake draws on material from a previously published article (Gottschall 2013).
2. My sources on James Joyce and Finnegans Wake include Bowker 2011; Hayman 1990; O'Brien 1999.
3. From a letter from Joyce to Harriet Weaver, quoted in Hayman 1990, 36.
4. O'Brien 1999, 146.
5. Bloom 1994, 422.
6. Parandowski 2015, 141.
7. O'Brien 1999.
8. See Chomsky 1965. For an overview of modern thinking about the universal grammar, see Roberts 2017.

For critique, see Dabrowska 2015; Dor 2015.

9. 有人認為，文化的特殊性使得某些故事，例如《哈姆雷特》，對於不同文化的人來說難以理解（Bohannon 1966）。但是文學學者蜜雪兒·史嘉莉·杉山（Michelle Scalise Sugiyama）推翻了這一論點，並表明一旦文化差異得到解釋，即使是來自不同文化的人也可以毫不費力地理解諸如《哈姆雷特》之類的故事。

10. Nietzsche (1882) 1974, 74.

11. 半個多世紀以來，批判理論的壓倒性規則一直有系統地否認人性中存在與生俱來的規律，從而推動了在人類中普遍存在的故事的規律性。See Gottschall 2008; Hogan 2003.

12. 正如蓋爾·丹恩斯（Gail Dines）在《色情王國》（*Pornland*）中所寫，很難找到關於色情消費的可靠數據。有關色情消費規模的推測，請參閱希拉·塔倫特（Shira Tarrant）的《色情業》（*The Pornography Industry*）。然而，所有消息來源都顯示，只要人們能上網，色情消費幾乎是深不可測的。PornHub 匯總的年度統計數據提供了一個強而有力的（可能不完整）色情消費規模指標。光是二〇一九年，就有等同於一百六十九年份量的色情內容被上傳到 PornHub，人們總共消費了超過五十億小時、觀看色情內容四百五十億次。PornHub 是世界上最重要的色情網站。但這些數字忽略了數百萬其他色情網站的流量，其中許多網站的流量也非常高。See PornHub 2019.

13.Robinson 2017.
14.For an explanation of the negativity bias in storytelling, see Gottschall 2012.
15.Hamlet Act 3, scene 2.
16.Morin, Sobchuk, and Acerbi 2019.
17.Santayana 1905, 284.
18.Muchembled 2012, 263.
19.Muchembled 2012; Pettegree 2014.
20.Pinker 2012, 2018a. For similarly optimistic arguments, see Ridley 2010; Shermer 2015; and the list of recommendations in Pinker 2018b.
21.Klein 2020.
22.Ord 2020.
23.Grabe 2012; see also Soroka, Fournier, and Nir 2019.
24.Pinker 2018a, 35.
25.Plato 2016, 359.
26.Appel 2008; Gerbner et al. 2006; Weldon 2011.
27.On the connection between mean worldviews and news consumption, see Appel 2008; Dahlstrom 2014.

28.James 2018.

29.Kahneman 2011, 207.

30.Vonnegut 2018.

31.For a classic statement on the deep morality of fiction, see Gardner 1978; see also Carroll et al. 2012.

32.Singh 2019.

33.Zillmann 2000. On the same pattern in stories told to children, see Zillmann and Cantor 1977.

34.Weber et al. 2008.

35.Boehm 2001.

36.Kjeldgaard-Christiansen 2016, 109, 116.

37.For earlier arguments that art behavior evolved partly to promote social cohesion, see Darwin 1871; Dissanayake 1990, 1995.

38.Dunbar et al. 2016.

39.Smith et al. 2017.

40.See Cunliffe 1963, 204; Liddell and Scott 1940.

41.Zillmann 2000, 38.

42. Frye (1957) 2020, 47.

43. Rosenberg 2018, 244.

## 五、故事讓人們分崩離析

1. For historical overviews of the Rwandan genocide, see Gourevitch 1998; Power 2013.
2. Paluck 2009.
3. Argo, Zhu, and Dahl 2008; Djikic and Oatley 2013; Kuzmi ová et al. 2017; Mar et al. 2006; Mumper and Gerrig 2017; Schmidt 2020. On the powerful form of story-based empathy known as identification, see Hall 2019; Hoeken, Kolthoff, and Sanders 2016; Hoeken and Sinkeldam 2014; Nabi and Green 2015; Sestir and Green 2010.
4. Vezzali et al. 2015.
5. Djikic and Oatley 2013; Johnson et al. 2013; Kidd and Castano 2013; Mar et al. 2006. For an overview of research, see Mumper and Gerrig 2017. For an overview of studies of the moral effects of storytelling, see Hakemulder 2000. For a failure to replicate empathy effects, see Panero et al. 2016.
6. See Gardner 1978, 147.

7. For role of Hutu Power propaganda in Rwandan genocide, see Gourevitch 1998.
8. Bloom 2016, 31. For further treatment of the downsides of empathy, see Brinthaupt 2019; Sapolsky 2018.
9. Bloom 2016. For a broader description of all the factors driving suicide bombers, see Atran 2003, 2006.
10. Burroway 2003, 32.
11. Barnes and Bloom 2014.
12. Breithaupt 2019, 17.
13. See Bietti, Tilston, and Bangerter 2018; Tajfel and Turner 1986.
14. Quoted in Rieff 2016, 138.
15. Rosenberg 2018, 29.
16. Described in Rieff 2016.
17. Santayana 1905, 284.
18. Rieff 2016, 87.
19. A phrase from the Irish writer Hubert Butler, quoted in Rieff 2016, 39.
20. Rieff 2016, 64.
21. Rosenberg 2018, 5.

22. Rosenberg 2018, 246.
23. Plato's Republic, Book III.
24. Plato's Republic, Book X.
25. Plato's Republic, Book III.
26. Baldwin 1992, 101–102.
27. Chua 2007, xxv.
28. For an overview of philosophical thinking around moral luck, see Hartman 2019; Nelkin 2019. For seminal philosophical papers, see also Nagel 1979 and Williams 1981.
29. 這個例子的靈感來自於一九七九年內格爾對納粹的類似思考。
30. Mommsen 1999; Stephenson 2001.
31. Law 1985.

## 六、故事會讓現實終結

1. Heider and Simmel 1944. For research confirming Heider and Simmel's conclusions, see Klin 2000; Ratajska, Brown, and Chabris 2020.

2. Heider 1983, 148.
3. Kahneman 2011.
4. For overview of research, see Sapolsky 2018, 455; also Haidt 2012a.
5. Harris 2012, 9.
6. See Kahneman 2011; Sapolsky 2018.
7. Harris 2012, 45.
8. Tolstoy (1897) 1899, 43.
9. McLuhan (1962) 2011.
10. Poniewozik 2019.
11. Lanier 2019, 20.
12. Poniewozik 2019.
13. Pinker 2018a; Ridley 2010.
14. Kessler 2021.
15. Schulman 2016.
16. Newman et al. 2018; Perlberg 2020; Sorokin et al. 2020. For the "Trump Bump" in book publishing, see Alter 2020.

17. Kahn 2020; Kim 2020.

18. Polti 2020.

19. Cillizza 2014.

20. Langbert, Quain, and Klein 2016.

21. Sunstein 1999, 2019.

22. Saad 2020.

23. Jaschik 2016, 2017; Langbert 2019; Langbert, Quain, and Klein 2016; Langbert and Stevens 2020.

24. Langbert 2019.

25. Parker 2019; see also Jaschik 2018; Jones 2018. 順帶一提，類似的民意調查發現，近百分之九十的共和黨人表示「不太信任」或「根本不信任」大眾媒體 (Brenan 2020).

26. Kashmir and White 2020.

27. Plato 2016, 290.

28. Bazelon 2020; Schick 2020.

29. Bazelon 2020; Pomerantsev 2019. For President Barack Obama's view of post-truth as the "single biggest threat to our democracy," see Goldberg 2020.

30. Rhodes 1974, 7:7566.

31. See Boehm 2001; Stasavage 2020.
32. The process whereby smaller-scale societies with democratic traditions gave way to larger-scale autocracies is told in detail in Stasavage 2020.
33. Vosoughi, Roy, and Aral 2018.
34. AVAAZ 2020.
35. For regulatory suggestions, see Zuboff 2020.
36. Bietti, Tilston, and Bangerter 2018.
37. See also Anderson 2020; Frontline 2020; Strittmatter 2020.
38. Mingfu 2015, loc. 457.
39. Robson 2017.

## 結語：來自冒險的呼喚

1. This discussion of the prehistoric sculpture in the Tuc D'Audoubert caves draws on material from a previously published article (Gottschall 2016).

2. For sources on the clay bison of the Tuc D'Audoubert caves, see Begouen et al. 2009; Breuil 1979; Brodrick 1963; Lewis-Williams 2002; Whitley 2009.

3. 在《自然》雜誌最近的一篇文章中，考古學家馬辛．奧伯特（Maxime Aubert）和她的同事認為：「人類似乎傾向創造、講述和欣賞故事的適應性。史前洞穴藝術以敘事作品或「場景」的形式提供了我們對最早講故事方式的最直接的洞察力。」

4. Popper 1945. ᔕ5. See Shelley (1840) 1891; Sidney (1595) 1890.

6. Homer's Iliad, Book 14, lines 86–87. My translation.

7. Pomeroy et al. 1999.

# 參考資料

更多參考資料。請掃 QRcode 查看。

高寶書版集團
gobooks.com.tw

新視野 New Window 248
**故事洗腦術：從商業行銷、形象塑造到議題宣傳都在用的思想控制法則**
The Story Paradox: How Our Love of Storytelling Builds Societies and Tears them Down

作　　者　強納森・歌德夏 Jonathan Gottschall
譯　　者　蕭季瑄
主　　編　吳珮旻
編　　輯　鄭淇丰
封面設計　林政嘉
內頁排版　賴姵均
企　　劃　鍾惠鈞
版　　權　張莎凌

發 行 人　朱凱蕾
出　　版　英屬維京群島商高寶國際有限公司台灣分公司
　　　　　Global Group Holdings, Ltd.
地　　址　台北市內湖區洲子街 88 號 3 樓
網　　址　gobooks.com.tw
電　　話　(02) 27992788
電　　郵　readers@gobooks.com.tw（讀者服務部）
傳　　真　出版部　(02) 27990909　行銷部 (02) 27993088
郵政劃撥　19394552
戶　　名　英屬維京群島商高寶國際有限公司台灣分公司
發　　行　英屬維京群島商高寶國際有限公司台灣分公司
初版日期　2022 年 10 月



國家圖書館出版品預行編目（CIP）資料

故事洗腦術：從商業行銷、形象塑造到議題宣傳都在用的思想控制法則 / 強納森 . 歌德夏 (Jonathan Gottschall) 著；蕭季瑄譯 . -- 初版 . -- 臺北市：英屬維京群島商高寶國際有限公司臺灣分公司 , 2022.10

面；　公分 . -- ( 新視野 248)

譯自 : The story paradox : how our love of storytelling builds societies and tears them down

ISBN 978-986-506-529-4 ( 平裝 )

1.CST: 說故事　2.CST: 說服

811.9　　111013685